語《かた》り伝《つた》える
吉野《よしの》の民話《みんわ》

丸山顕徳 編

金壽堂出版

吉野《よしの》へようこそ

※本図では、吉野郡の全町村および本書で取り上げた五條市（旧西吉野村、旧大塔村を含む）、御所市を記載しています。
近鉄特急の所要時間は、吉野山観光協会の調査によるものです。

（吉野山観光協会【公式サイト】 http://www.yoshinoyama-sakura.jp/）

～もくじ～

語《かた》り伝《つた》える吉野《よしの》の民話《みんわ》

87 吉野水分神社《よしのみくまりじんじゃ》
89 義経隠《よしつねかく》れ塔《とう》
如意輪寺《にょいりんじ》
吉水神社《よしみずじんじゃ》
東南院《とうなんいん》
後醍醐天皇《ごだいごてんのう》塔之尾陵《とうのおりょう》
喜蔵院《きぞういん》
大日寺《だいにちじ》
桜本坊《さくらもとぼう》
竹林院《ちくりんいん》
85 村上義隆《むらかみよしたか》の墓
88 金峯神社《きんぷじんじゃ》
89 西行庵《さいぎょうあん》

76 吉野神宮《よしのじんぐう》

86 如意輪寺《にょいりんじ》

87 後醍醐天皇塔之尾陵《ごだいごてんのう とうのおりょう》

吉水神社《よしみずじんじゃ》 84
東南院《とうなんいん》 80
勝手神社《かってじんじゃ》 84
如意輪寺《にょいりんじ》(5ページ)
後醍醐天皇塔之尾陵《ごだいごてんのう とうのおりょう》
(5ページ)
喜蔵院《きぞういん》 81
82 桜本坊《さくらもとぼう》
竹林院《ちくりんいん》
83
吉野水分神社《よしのみくまりじんじゃ》
(4ページ)
村上義隆《むらかみよしたか》の墓
(4ページ)

吉野山《よしのやま》の地図（拡大図）
白抜きの数字は、解説のページ
近鉄吉野線
吉野《よしの》
吉野山《よしのやま》
ロープウェイ
千本口《せんぼんぐち》
77 黒門《くろもん》
77 銅鳥居《かねのとりい》
78 金峯山寺《きんぷせんじ》
85 大日寺《だいにちじ》
蔵王堂《ざおうどう》

吉野《よしの》のあらまし

「吉野といえば桜」「桜といえば吉野」と誰もが想《おも》うほど、吉野は桜の名所として知られています。吉野の桜は、吉野神宮（76ページ）付近を下《しも》の千本《せんぼん》、如意輪寺《にょいりんじ》（86ページ）あたりを中《なか》の千本、吉野水分《みくまり》神社（87ページ）付近を上《かみ》の千本、さらに西行庵《さいぎょうあん》（89ページ）のあたりを奥《おく》の千本といい、桜は日毎《ひごと》に順々に咲き上《のぼ》ります。吉野山《やま》は、およそ一カ月にわたって花見が楽しめる、日本屈《くっ》指《し》の桜の名所です。

吉野山に桜が多いのはなぜでしょうか。話は今から千三百年あまり前にさかのぼります。奈良時代に役小角《えんのおづぬ》（役行者《えんのぎょうじゃ》）という人がいました（58ページ）。

日本独自の宗教、「修験道《しゅげんどう》」の開祖《かいそ》です。

役行者は、葛城山《かつらぎさん》（御所市《ごせし》）で修行《しゅぎょう》したのち、さらに吉野山から熊野《くまの》（和歌山県）へと続く大峯山脈《おおみねさんみゃく》で厳しい修行をつみました。南北朝《なんぼくちょう》時代に成立した『金峯山秘密伝《きんぷせんひみつでん》』によれば、役行者は大峯山脈の山上ヶ岳《さんじょうがたけ》（吉野郡天川村《てんかわむら》）で守護仏《しゅごぶつ》を求めて一心に祈《いの》ったとあります。釈迦如来《しゃかにょらい》、千手観音《せんじゅかんのん》、弥勒菩薩《みろくぼさつ》があらわれたものの、役行者がさらに祈り続けると、最後に三尊《さんぞん》の徳をあわせ持った蔵王権現《ざおうごんげん》があらわれたということです。

役行者はさっそく蔵王権現を桜の木に刻み、山上ヶ岳と吉野山に祀《まつ》ったと伝えられています。こうして大切にされてきた桜は、やがて吉野全山を覆《おお》い、桜花《おうか》に魅《み》せられた人びとが吉野を訪ねるようになったのです。

山桜《やまざくら》をこよなく愛した歌人《かじん》・西行《さいぎょう》は「吉野山やがて出《い》でじと思う身を花散りなばと人や待つらん」（『山家集《さんかしゅう》』）などと、吉野山と桜花にちなむ多くの和

歌を詠《よ》んでいます。

天下を治《おさ》めた豊臣秀吉《とよとみひでよし》は、五百人ものお供を引き連れて吉野山《よしのやま》で花見の大宴《だいえん》会《かい》を催《もよお》し、世間をあっといわせました。

江戸《えど》時代前期の俳人《はいじん》・安原貞室《やすはらていしつ》という人は、山桜《やまざくら》のあまりの見事さに「これはこれはとばかり花の吉野山」（『一本草《ひともとぐさ》』）と仰天《ぎょうてん》したそうです。

江戸時代中期の国学者《こくがくしゃ》・本居宣長《もとおりのりなが》は、数人連れだって松阪《まつさか》（三重県）から吉野を訪ねて『菅笠日記《すががさにっき》』を著《あらわ》しています。

また、島崎藤村《しまざきとうそん》や谷崎潤一郎《たにざきじゅんいちろう》、吉川英治《よしかわえいじ》ら文豪《ぶんごう》といわれる人たちも吉野山に宿をとり、作品の構想を練《ね》りました。

このように花を賞《め》でる心はさまざまですが、「一度は吉野の桜を見てみたい」という願いは、みな強かったのに違いありません。

吉野山は、華やかな桜花《おうか》のかげに悲しい話も伝えています。源頼朝《みなもとのよりとも》に疑

いをかけられ、京から逃《のが》れた義経《よしつね》は、雪ふりしきる中、泣く泣く恋人の静御前《しずかごぜん》と別れました。吉野山の各所に今も義経の足跡《そくせき》を訪ねることができます。

歴史年表を見ると、鎌倉《かまくら》時代と室町《むろまち》時代という武家《ぶけ》政権《せいけん》の間に短い期間、南北朝《なんぼくちょう》時代があります。鎌倉幕府《ばくふ》を倒し、天皇親政《しんせい》の時代を築《きず》いた後醍醐《ごだいご》天皇は、協力関係だった足利尊氏《あしかがたかうじ》の裏切りにあって京を追われ、笠置山《かさぎやま》（京都府）から吉野山へと逃れ、この地でお亡くなりになりました。吉野山は南朝《なんちょう》ゆかりの地でもあります。

このように吉野は、数々のドラマとロマンを秘めた里でもあるのです。

吉野山の奥は、険《けわ》しい山々が連《つら》なる紀伊山地《きいさんち》へと続き、豊かな山村《さんそん》が点在《てんざい》し、その一部は世界遺産「紀伊山地の霊場《れいじょう》と参詣道《さんけいみち》」に登録されています。

吉野を訪れるとき、季節を感じながら歴史と信仰の地であることを心にとめて、歩いていただきたいものです。

（河合岑一郎《かわいしんいちろう》）

吉野《よしの》のくらし

奈良県を二分《にぶん》して東西に流れる吉野川《がわ》。その南、県全体の約六割の面積を占《し》める地域が吉野郡（一部は五條市《ごじょうし》）です。千四百〜二千メートル近くに達する近畿《きんき》地方で最も高く険《けわ》しい山が連《つら》なるところから「近畿の屋根」ともよばれています。古くから信仰の地としても知られ、修験者《しゅげんじゃ》などの行き来が盛んでした。

この地域には傾斜地《けいしゃち》に集落が点在《てんざい》し、地形的制約から間取《まど》りや建て方に工夫をこらし、豊富な木材を木の皮まで余《あま》すところなく利用した家が建ち、山村《さんそん》独特の風景を作りだしています。

主な産業は林業で、木を切り、用途《ようと》に応じて加工し、山から運び出すまでの

さまざまな仕事が行われました。木で器などを作る木地師《きじし》、製材をする木挽《こび》き、炭焼きなど、山の中を移動しながら仕事をする人々もいました。今からおよそ三百五十年あまり前には、人の手で木を植え育てる植林《しょくりん》も行われるようになりました。

耕地《こうち》に適した平地は少なく、急こう配の土地に階段状の田畑を作り、ところによっては焼き畑《はた》が行われました。麦、粟《あわ》、稗《ひえ》、黍《きび》、蕎麦《そば》などの雑穀《ざっこく》や芋類《いもるい》などに加え、栃《とち》や樫《かし》などの木の実、山菜きのこ類、狩猟《しゅりょう》で得た獣《けもの》、川魚《かわざかな》などの山の幸《さち》が大切な食料となっていました。

人々は、厳《きび》しく危険も多い一方、様々な恵みをもたらしてくれる山を深く怖《おそ》れ敬《うやま》ってきました。毎年11月7日(または1月7日)に山の神を祀《まつ》るほか、日々の暮らしの中でも、山では常に言葉や行いを慎《つつし》むのが山人のゆかしい習《なら》わしです。

(横山浩子《よこやまひろこ》)

吉野《よしの》の民話へのいざない

人は押《お》し並《な》べて自分が暮らしている場所や、かつて暮らしていた所を大切にします。それは、そこに畏敬《いけい》と親しみの対象となる、さまざまなものがあるからです。例えば、家族や友だち、地域の人たち、暮らす家、山や野原、草や木、吹く風、川のせせらぎ、小動物や昆虫、そして民話もそんな大切なものの一つです。

吉野にもそんな民話がたくさん伝えられています。それでは皆さんと吉野の民話を読み進めてみましょう。

民話には、外の世界から伝えられてその地に定着したものがあります。

「井光《いびか》の井戸《いど》」（42ページ）と「犬《いぬ》を飼《か》わない村《むら》」（51ページ）の二つがその代表といってよいでしょう。井光は、『古事記《こじき》』と『日本書紀《にほんしょき》』という古い書物に載《の》っているお話で、二つの書物に書かれている井光の話と、吉野の民話はよく似た点が多々《たた》あります。ですから、このお話は、『古事記』や『日本書紀』を元にしていると考えてよいのではないでしょうか。いつの時代であったかは判然《はんぜん》としませんが、井光のことが当地《とうち》に伝えられ、民話となったのだと思います。ただ、この民話は吉野の人たちがまったく関わっていないかというと、実はそうではないはずです。あの井戸が井光の井戸だと伝えたのは吉野の人たちで、その記憶が民話の中に反映しているのだと思います。吉野では、この井戸を「いびかりの井戸」とも呼んでいます。

「犬を飼わない村」は、壬申《じんしん》の乱《らん》（672年）が題材になっています。古代最大の内乱《ないらん》と言われる壬申の乱は『日本書紀』に詳しく書かれ、各地にその

遺跡《いせき》を伝えていますが、この民話の元になったのは『日本書紀《にほんしょき》』ではなく、この乱《らん》が起こる前に吉野《よしの》へ逃《のが》れてきた大海人皇子《おおあまのおうじ》のことを元にして、室町《むろまち》時代に作られた『国栖《くず》』という謡曲《ようきょく》だと考えられています。この謡曲は、吉野《よしの》へ逃れた大海人皇子《おおあまのおうじ》が追手《おって》に追われ、それを国栖翁《くずのおきな》が舟に隠します。見つかりそうになるのですが、翁《おきな》の活躍で事なきを得るという筋立《すじだ》てです。

吉野の民話では基本はそのままですが、皇子《おうじ》が舟に隠れていることに感づいて吠《ほ》えた犬を国栖翁が殺して、大海人皇子の危機を救うという物語です。この部分は、吉野で考え出されたものかもしれません。

吉野は、修験道《しゅげんどう》という教えを信仰する人たちが修行《しゅぎょう》する場でした。そのため修験道に関係する民話も伝えられています。「役行者《えんのぎょうじゃ》」（58ページ）や「蛙《かえる》になった人間《にんげん》」（62ページ）などがそれにあたります。『続日本紀《しょくにほんぎ》』という歴史書に役小角《えんのおづぬ》（役行者）のことが書かれていますが、それが『役行者』の後段《こうだん》の

伊豆《いず》へ配流《はいる》される（島ながしにされる）お話の元になっています。

また、「蛙になった人間」は、吉野山《やま》の金峯山寺《きんぷせんじ》の蛙飛《と》び行事の起源伝承《きげんでんしょう》です。蛙飛びは、仏法《ぶっぽう》を誹謗《ひぼう》し（悪口を言い）蛙にされた人間を修験者《しゅげんじゃ》（修験道の行者《ぎょうじゃ》）たちがお祈《いの》りをして、人間に戻すというとても不思議な行事です。この行事は、修験道では験競《げんくら》べといって大切な修行ですが、見た目にはとても不思議でユーモラスです。

役行者を信仰する人たちが話す役行者のお話や、蛙飛びなどの行事を毎年見聞きしていた吉野の人たちが、いつしかこれを自分たちの民話として伝承《でんしょう》したのが、「役行者」や「蛙になった人間」なのでしょう。これらは修験道の根本道場《こんぽんどうじょう》吉野ならではの民話です。

その場所を実際に見知っている人たちの間で成立した民話もあります。「伯母峰《おばみね》の一本足《いっぽんあし》」（36ページ）は、果《は》ての二十日《はつか》、つまり十二月《じゅうにがつ》二十日《はつか》に

伯母峰《おばみね》に現れる妖怪のお話です。伯母峰にこの日だけ、この妖怪が現れるというのです。昔、伯母峰《おばみね》は深い山のなかで、徒歩で歩いていた時代には、妖怪が出るかもしれないと思えるような場所だったのかもしれません。この妖怪は伯母峰にだけ現れます。一本足《いっぽんあし》の妖怪のお話は全国に伝えられていますが、伯母峰の一本足は、伯母峰だけの妖怪です。

　伯母峰の一本足のように、場所を限定する不思議な話があります。「キツネにだまされた魚屋《さかなや》さん」（20ページ）は不動坂《ふどうざか》という急な坂道、「河太郎《がたろう》のはなし」（32ページ）で河太郎が出没するのは、「蔵王堂《ざおうどう》の東の方の細い川」の「ダブンコ」でした。伯母峰も不動坂もダブンコも、地元の人ならよく知っている不思議なことが起こる場所だったのでしょう。こうした民話は、そこが不思議な場所だということを、地域の人たちに伝える役割も果たしていました。

一本足の妖怪、人をだますキツネ、河太郎のお話は、同じような民話が全国

各地に伝えられています。全国に同じような民話が伝えられているのは、日本列島と周辺の諸島で何世代にも渡って暮らしてきた人たちが共通の思想や生活文化、美しいと思う気持ちなどを作りあげ、その中から生まれたものだからなのかもしれません。

まだまだ吉野《よしの》の民話はたくさんあります。

どこの地域にも独特な民話があり、全国に伝えられる普遍的《ふへんてき》な民話もあります。しかし、それがどのような民話であったとしても、そこに住む人たちにとっては大切なもので、暮らしを豊かにし、先人《せんじん》の記憶や知恵を後世《こうせい》に伝える役割を果たしていたはずです。

さあ、これからは皆さんがこの本を手にとって民話を読み進めてください。そして吉野を歩き、感じてみてください。そこかしこに民話の足跡《あしあと》が残されているはずです。

（池田《いけだ》　淳《きよし》）

キツネにだまされた魚屋《さかなや》さん

今《いま》から七十年《しちじゅうねん》ぐらい前《まえ》の話《はなし》です。行商《ぎょうしょう》の魚屋《さかなや》さんが、魚《さかな》を荷車《にぐるま》につんで、なだらかな坂《さか》を登《のぼ》っていました。途中《とちゅう》、不動坂《ふどうざか》というたいへん急《きゅう》な坂《さか》にさしかかりましたので、そこに荷車《にぐるま》をとめてひと休《やす》みしました。

そこへ、見知《みし》らぬ人《ひと》があらわれて、

「おっちゃん。もし、よかったら、その魚売《さかなう》ってもらえまへんか。」

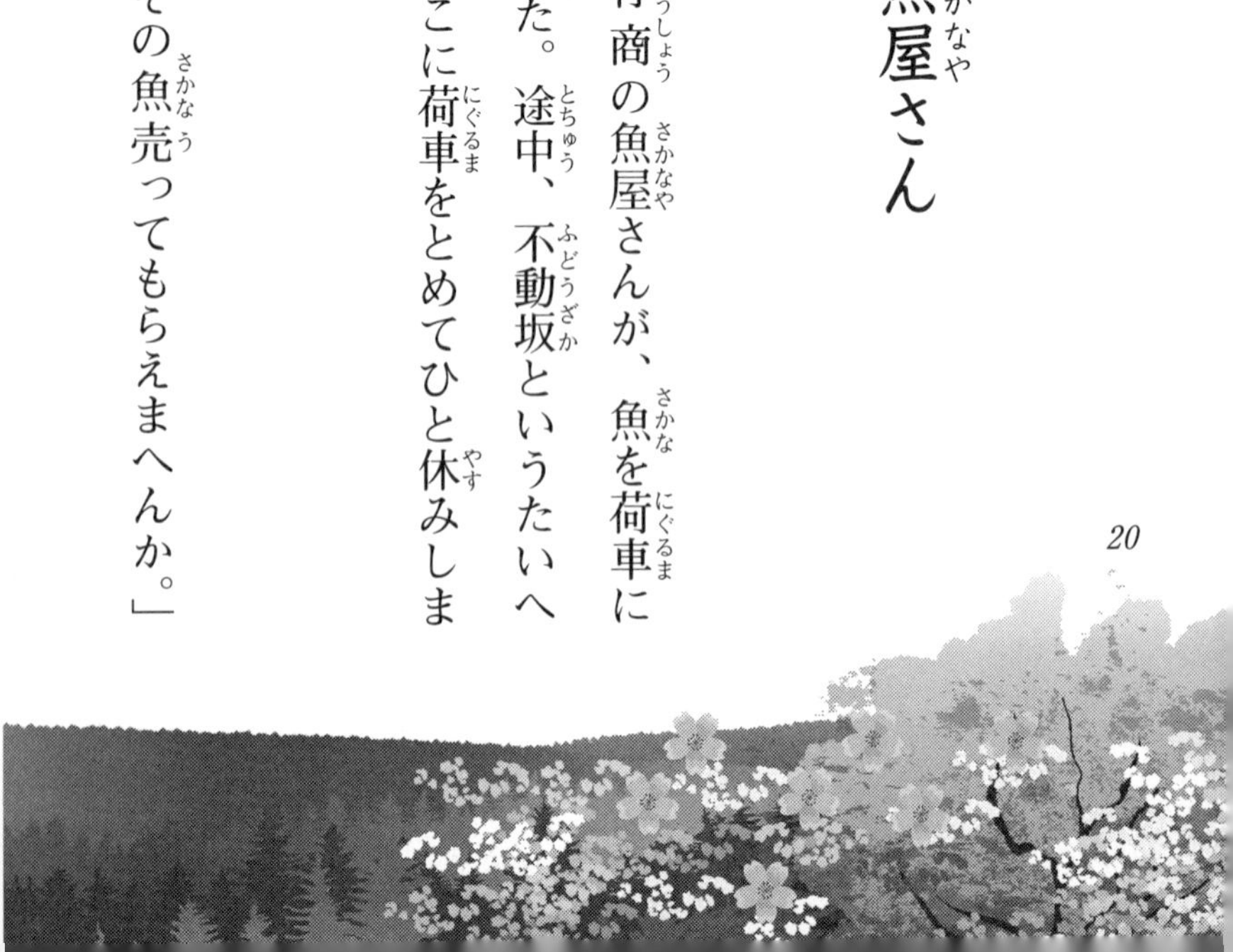

と言《い》いました。魚屋《さかなや》さんは喜《よろこ》んで、

「どこで商売《しょうばい》しても同《おな》じですさかい、どうぞ買《こ》うとくんなはれ。」

と言《い》って、いろいろと魚《さかな》を取《と》り出《だ》しました。見知《みし》らぬ人《ひと》は、

「それもこれも。」

と言《い》っていましたが、魚《さかな》が残《のこ》り少《すく》ないのを見《み》て、

「全部《ぜんぶ》もろとくわな。」

と言《い》って、荷車《にぐるま》の魚《さかな》を丸《まる》ごと買《か》っていきました。魚屋《さかなや》さんは、よく買《か》ってもらったと、ありがたがってお金《かね》の勘定《かんじょう》を始《はじ》めました。

しばらくして、魚屋《さかなや》さんの知《し》り合《あ》いが、不動坂《ふどうざか》を登《のぼ》ってきて言《い》いました。

「おっちゃん、何《なに》しとんの。」

「いや、今《いま》しがた魚《さかな》がたくさん売《う》れたさかい、お金《かね》を勘定《かんじょう》しとんね。」

と魚屋《さかなや》さんが答《こた》えると、知《し》り合《あ》いは笑《わら》って言《い》いました。

「キツネにだまされてんねんわ。そんなんしとったらあかんで。」

「いや、キツネになんかだまされとらへん。これお金《かね》や。見《み》てみいさ。」

と、魚屋《さかなや》さんが言《い》いはると、知《し》り合《あ》いは、魚屋《さかなや》さんの肩《かた》をポンッとたたきました。すると、魚屋《さかなや》さんはハッと気《き》がついて、正気《しょうき》に戻《もど》りました。魚屋《さかなや》さんが、お金《かね》だと思《おも》って勘定《かんじょう》していたものは、たくさんの木《き》の葉《は》っぱでした。魚《さかな》はぜんぶキツネに取《と》られてしまったということです。


（民話伝承地　吉野町上市《よしのちょうかみいち》）

砂《すな》まきダヌキ

昔《むかし》は、家《いえ》の周《まわ》りにもタヌキやキツネがいっぱい住《す》んでいました。タヌキには、しっぽの白《しろ》いタヌキと茶色《ちゃいろ》いタヌキがいましたが、尻尾《しっぽ》の先《さき》が白《しろ》くなると、人《ひと》をだますことができるようになると言《い》われています。だから、昔《むかし》から、尻尾《しっぽ》の白《しろ》いタヌキには気《き》をつけるように、よく言《い》われてきました。

ある日《ひ》、となり村《むら》の矢平《やへい》さんの家《いえ》でお祝《いわ》いごとがあって、遅《おそ》くなっ

た吾作《ごさく》さん、お酒《さけ》をいただいて、しごくご機嫌《きげん》な様子《ようす》で帰《かえ》ってまいりました。

ちょうど、村《むら》はずれの大《おお》きな一本松《いっぽんまつ》の下《した》を通《とお》りかかったとき、遠《とお》くで、サラサラ、サラサラと、まるで、風《かぜ》が吹《ふ》いて松《まつ》の枝《えだ》や葉《は》っぱの先《さき》が触《ふ》れ合《あ》うような音《おと》がします。やがて、吾作《ごさく》さんの頭《あたま》のうえにその音《おと》がきたとき、吾作《ごさく》さんが気《き》づきました。

「なんだ、これは。砂《すな》じゃないか。」

そうです。だれかが、吾作《ごさく》さんの頭《あたま》のうえで砂《すな》をまいているのです。

「だれだ、こんないたずらをするのは。」

吾作《ごさく》さんは、大《おお》きな声《こえ》でさけびましたが、返事《へんじ》がありません。木《き》の

うえをのぞいてみてもだれもいません。

「おかしいな。」

そうつぶやきながら、しばらく行《い》くと、また、大《おお》きな松《まつ》の木《き》の間《あいだ》から、サラサラ、サラサラと砂《すな》がまかれてきました。

「こいつは、砂《すな》まきダヌキのいたずらだな。」

吾作《ごさく》さんは、やっとタヌキのしわざだと気《き》づきました。

吾作《ごさく》さんはやっとの思《おも》いで逃《に》げ帰《かえ》り、家《いえ》の前《まえ》で砂《すな》をはらおうとしました。しかし、体《からだ》のどこにも砂《すな》らしいものはついていませんでした。

きっと、どこかで白《しろ》い尻尾《しっぽ》のタヌキに出会《であ》ったのでしょう。


（民話伝承地　吉野《よしの》の各地）

高坊主《たかぼうず》

昔《むかし》は、里山《さとやま》といって、山《やま》の中《なか》にも家《いえ》がいっぱい集《あつ》まっているところがありました。そんな里山《さとやま》の家《いえ》の周《まわ》りには、いつもキツネやらタヌキやらがたくさん住《す》んでいました。

ある晩《ばん》、魚《さかな》を買《か》って、町《まち》から機嫌《きげん》よく帰《かえ》ってくる人《ひと》がおりました。民家《みんか》の灯《あか》りがもうそこまで手《て》に届《とど》くようになってきたところで、ボーンと、大《おお》きな男《おとこ》がいきなり前《まえ》に立《た》ちはだかりました。

「うわっ、高坊主《たかぼうず》だ。」

大《おお》きな男《おとこ》は黙《だま》って立《た》っているだけでしたが、その様子《ようす》から、黙《だま》って魚《さかな》を置《お》いていけと言《い》っているように見《み》えました。

「た、た、た、た、助《たす》けてくれー。」

たいていの人《ひと》は、家《いえ》の軒《のき》よりも高《たか》いこの高坊主《たかぼうず》にびっくりして、大事《だいじ》な魚《さかな》を置《お》いたまま、大急《おおいそ》ぎで自分《じぶん》の家《いえ》まで逃《に》げ帰《かえ》りました。

別《べつ》の晩《ばん》に、たまたま知恵《ちえ》のある若者《わかもの》がここを通《とお》りかかりました。

若者《わかもの》は、どうしても今日《きょう》は家《いえ》まで帰《かえ》らないといけない日《ひ》でしたので、どうしたらいいものか思案《しあん》をめぐらせました。そこで、突然《とつぜん》、高坊主《たかぼうず》に向《む》かって、

「もっと高《たか》くなれ、もっと高《たか》くなれ。」

と大《おお》きな声《こえ》でさけびました。高坊主《たかぼうず》はぐんぐん大《おお》きくなりました。もっと高《たか》く、もっと高《たか》くと大《おお》きな声《こえ》でさけぶと、高坊主《たかぼうず》は電信柱《でんしんばしら》のように、ぐんぐん、ぐんぐん大《おお》きくなりました。

若者《わかもの》は持《も》っていた杖《つえ》で、高坊主《たかぼうず》の足《あし》もとを思《おも》いっきりはらいました。

すると、

「痛《いた》い！」

あれだけ大《おお》きくふくらんでいた大男《おおおとこ》が、急《きゅう》に後《うし》ろを向《む》いて逃《に》げ出《だ》しました。そして、すうっと暗闇《くらやみ》の中《なか》に消《き》えてしまいましたと。


（民話伝承地　吉野《よしの》の各地）

河太郎《がたろう》のはなし

吉野《よしの》では河童《かっぱ》のことを河太郎《がたろう》と言《い》います。蔵王堂《ざおうどう》の東《ひがし》の方《ほう》に細《ほそ》い川《かわ》があります。山《やま》の神《かみ》さんがまつってあって、そのそばにダブンコという、冷《つめ》たいきれいな水《みず》が流《なが》れているところがあります。そのダブンコに河太郎《がたろう》がいます。

子《こ》どもどうしでダブンコに遊《あそ》びに行《い》くときには、まわりのおとなは、

「ダブンコには河太郎《がたろう》がおってなぁ、人間《にんげん》みたいな格好《かっこう》をしている

けど、頭《あたま》に皿《さら》をのせているからよく分《わ》かる。けど河太郎《がたろう》がだまそうとするときは、頭《あたま》の皿《さら》を髪《かみ》の毛《け》でかくして分《わ》からなくして、おいで、おいでをする。いつまでも川《かわ》につかっていたらあかんで。寒《さむ》いと思《おも》ったら帰《かえ》りや。」

と子《こ》どもたちに言《い》います。

川《かわ》はせまいのですが、ダブンコは広《ひろ》くて、

「ダブンコでいつまでも泳《およ》いでいたら、お尻《しり》の穴《あな》から血《ち》を吸《す》われて、川《かわ》の水《みず》に引《ひ》きずり込《こ》まれるで。」

とよく言《い》われます。

脳天《のうてん》さんの水子地蔵《みずこじぞう》さんをまつっているところ、芳泉坊《ほうせんぼう》のところ

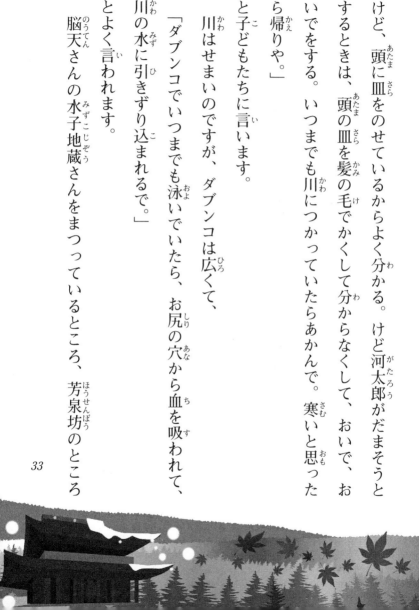

までも河太郎《がたろう》は追《お》いかけてきます。逃《に》げても逃《に》げても河太郎《がたろう》は追《お》いかけてきます。芳泉坊《ほうせんぼう》から上《のぼ》っていくと、三《みっ》つも四《よっ》つも小《ちい》さい祠《ほこら》があります。

おとなたちは、

「そんなさびしいところもあるから早《はや》く帰《かえ》って来《き》いや。」

と言《い》います。

もっと下《した》の方《ほう》に行《い》くと、地獄谷《じごくだに》というところもあります。

「地獄谷《じごくだに》は地獄《じごく》だから行《い》ったらあかん。」

と子《こ》どもたちは言《い》われます。

（民話伝承地　吉野町吉野山《よしのちょうよしのやま》）

伯母峰《おばみね》の一本足《いっぽんあし》

吉野郡《よしのぐん》に大台ケ原《おおだいがはら》という山《やま》があります。ここは、日本《にほん》でもっとも多《おお》く雨《あめ》が降《ふ》るところで有名《ゆうめい》です。この大台ケ原《おおだいがはら》のとなりに、伯母峰《おばみね》という山《やま》があります。伯母峰《おばみね》には大和《やまと》（奈良県《ならけん》）から熊野《くまの》（和歌山県《わかやまけん》）に抜《ぬ》ける熊野街道《くまのかいどう》が通《とお》っています。こんな話《はなし》が伝《つた》えられています。

ある猟師《りょうし》が愛犬《あいけん》をつれて、伯母峰《おばみね》に猟《りょう》にでかけました。そこで大《おお》きなケモノを見《み》つけた猟師《りょうし》は、銃《じゅう》でしとめようとしました。しかし逆《ぎゃく》に、

ケモノに襲《おそ》われそうになったので、命《いのち》からがら「南無阿弥陀仏《なむあみだぶつ》」と書《か》かれた念仏玉《ねんぶつだま》を打《う》ち込《こ》んで、なんとか助《たす》かりました。殺《ころ》されたケモノは亡霊《ぼうれい》となりました。

数日後《すうじつご》、大《おお》きなケモノの亡霊《ぼうれい》は野武士《のぶし》の姿《すがた》になって、和歌山県本宮《わかやまけんほんぐう》町《ちょう》にある湯《ゆ》の峰温泉《みねおんせん》に湯治《とうじ》に行《い》ったそうです。そして、宿《やど》の主人《しゅじん》に、

「わたしが風呂《ふろ》に入《はい》っている間《あいだ》、ぜったいにのぞいてはいけない。」

と言《い》って、約束《やくそく》させました。しかし、宿《やど》の主人《しゅじん》が約束《やくそく》をやぶってのぞいてしまったので、ケモノの亡霊《ぼうれい》は、宿《やど》の主人《しゅじん》を殺《ころ》してしまいました。

のちに、ケモノの亡霊《ぼうれい》は一本足《いっぽんあし》の鬼《おに》となり、伯母峰《おばみね》を通《とお》る旅人《たびびと》を食《く》うようになりました。このため熊野街道《くまのかいどう》は、誰《だれ》も通《とお》らなくなってしま

いました。

その話《はなし》を聞《き》いたお坊《ぼう》さんが、お地蔵《じぞう》さんをまつり、お経《きょう》を埋《う》め、この鬼《おに》を封《ふう》じ込《こ》めてしまいました。ただし、十二月二十日《はてのはつか》だけは人《ひと》を自由《じゆう》に食《く》ってもよいと、鬼《おに》と約束《やくそく》しました。

そのため、十二月二十日《はてのはつか》には、伯母峰《おばみね》を通《とお》ってはいけない、と言《い》われるようになったということです。

（民話伝承地　吉野町吉野山《よしのちょうよしのやま》）

虫《むし》のしらせ

日本《にほん》が戦争《せんそう》をしていたときの話《はなし》です。私《わたし》のお姉《ねえ》さんは子《こ》ども三人《さんにん》といっしょに大阪《おおさか》に住《す》んでいました。ある夜《よ》、私《わたし》は、

「大阪《おおさか》が空襲《くうしゅう》にあって多《おお》くの人《ひと》が死《し》んだ。」

と聞《き》きました。私《わたし》は、大阪《おおさか》に住《す》んでいるお姉《ねえ》さんと子《こ》どもたちが心配《しんぱい》なので次《つぎ》の日《ひ》に捜《さが》しに行《い》こうと決《き》めました。

その晩《ばん》、妹《いもうと》と妹《いもうと》のお婿《むこ》さんが私《わたし》の家《いえ》に来《き》てくれました。お婿《むこ》さん

は家《いえ》の戸《と》を「どんどん、どんどん」とたたきました。そのとき、ふすまのところに大阪《おおさか》のお姉《ねえ》さんが現《あらわ》れて、さびしそうな顔《かお》をして私《わたし》を見《み》つめました。

私《わたし》には戸《と》をたたく「どんどん、どんどん」という音《おと》が聞《き》こえてはいるのですが、ものも言《い》えずじっとお姉《ねえ》さんを見《み》ていると、お姉《ねえ》さんはすーっと消《き》えました。しばらくぼーっとしていると、妹《いもうと》のお婿《むこ》さんが真《ま》っ青《さお》な顔《かお》をして玄関《げんかん》に立《た》っていました。私《わたし》が、

「どうしたんや。」

と言《い》うと、妹《いもうと》のお婿《むこ》さんは、

「何《なに》かよく分《わ》からないけど、お姉《ねえ》さんに背中《せなか》をおされるような感《かん》じ

がしてここへ来《き》ました。家《いえ》に入《はい》るとき、背中《せなか》がぞーっとして寒気《さむけ》がしました。」

と言《い》いました。私《わたし》は、

「さっき私《わたし》の前《まえ》にお姉《ねえ》さんがさびしそうな顔《かお》をして立《た》っていた。そしてすーっと消《き》えていった。」

と、今見《いまみ》たことを話《はな》しました。

大阪《おおさか》へ行《い》ってみると、お姉《ねえ》さんと子《こ》どもたちは防空壕《ぼうくうごう》の中《なか》で死《し》んでいました。最期《さいご》の別《わか》れに夢枕《ゆめまくら》に立《た》つ、というのはほんとうのことだと思《おも》いました。もう六十年近《ろくじゅうねんちか》くも前《まえ》のことですが、今《いま》でもはっきりおぼえています。

（民話伝承地　吉野町丹治《よしのちょうたんじ》）

井光《いびか》の井戸《いど》

吉野町飯貝《よしのちょういいがい》の水分神社《みくまりじんじゃ》には「井光《いびか》の井戸《いど》」と呼《よ》ばれている井戸《いど》があります。昔《むかし》、神武天皇《じんむてんのう》が九州《きゅうしゅう》から大和《やまと》(今《いま》の奈良県《ならけん》)に来《こ》られたときに、吉野《よしの》のあたりを通《とお》られました。杉《すぎ》の木《き》の根《ね》っこに井戸《いど》があって、井戸《いど》の中《なか》からものすごい光《ひかり》が射《さ》してきました。井戸《いど》の中《なか》から尻尾《しっぽ》のある小《ちい》さな人《ひと》が出《で》てきて神武天皇《じんむてんのう》の前《まえ》にひれふしました。神武天皇《じんむてんのう》が驚《おどろ》いて、

「おまえは何者《なにもの》なのだ。」

とたずねると尻尾《しっぽ》のある小《ちい》さな人《ひと》は、

「私《わたし》はこの吉野《よしの》に住《す》んでいるものです。あなたが大和《やまと》へ来《こ》られたと聞《き》いて、道案内《みちあんない》をして差《さ》し上《あ》げようと思《おも》っていたのです。あなたをお待《ま》ちしていました。」

とこたえました。

神武天皇《じんむてんのう》は喜《よろこ》んで道案内《みちあんない》をしてもらうことになりました。道案内《みちあんない》のおかげで神武天皇《じんむてんのう》は山《やま》を越《こ》えて、とうとう橿原《かしはら》までたどり着《つ》くことができたということです。

それ以来《いらい》、尻尾《しっぽ》のある小《ちい》さな人《ひと》が出《で》てきた井戸《いど》を、「井戸《いど》が光《ひか》る」ということで、「井光《いびか》の井戸《いど》」と言《い》うようになりました。

またこんな話《はなし》も伝《つた》わっています。井戸《いど》の中《なか》からあらわれたのは尻尾《しっぽ》のある人《ひと》ではなく、「井光《いびか》」という名前《なまえ》のお姫様《ひめさま》であったというのです。そして、このお姫様《ひめさま》が神武天皇《じんむてんのう》の道案内《みちあんない》をして神武天皇《じんむてんのう》をお助《たす》けしたということです。それからこの水分神社《みくまりじんじゃ》のあるあたりをお姫様《ひめさま》の名前《なまえ》である「井光《いびか》」がなまって、「飯貝《いいがい》」と言《い》うようになったということです。

また、この地《ち》で神武天皇《じんむてんのう》が、貝《かい》をおかずにしてごはんをめしあがったので「飯《いい》貝《がい》」と呼《よ》ばれるようになったとも伝《つた》えられています。

（民話伝承地　吉野町飯貝《よしのちょういいがい》）

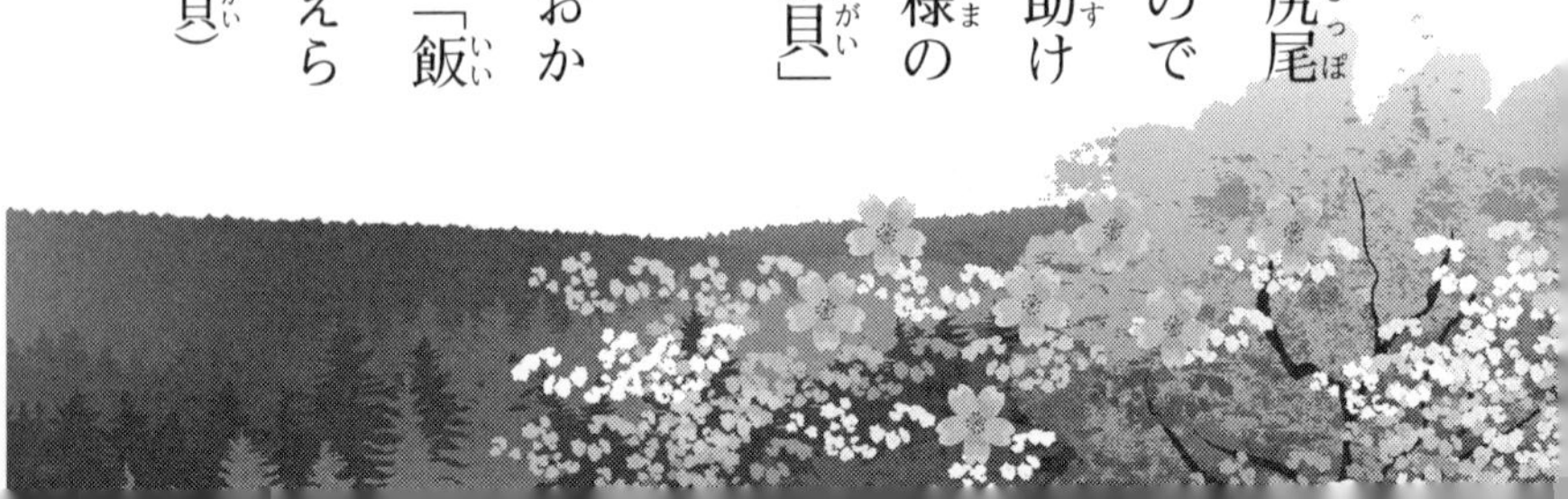

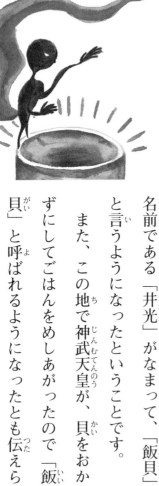

キツツキを寺《てら》っ子《こ》と呼《よ》ぶわけ

吉野《よしの》の山《やま》ではキツツキのことを「寺《てら》っ子《こ》」と呼《よ》んでいます。「寺《てら》っ子《こ》」というのは、お寺《てら》の子《こ》という意味《いみ》です。どうして、そう呼《よ》ばれるようになったのか、こんな話《はなし》が伝《つた》えられています。

今《いま》から千五百年《せんごひゃくねん》ほど前《まえ》のこと。外国《がいこく》から仏教《ぶっきょう》の教《おし》えが伝《つた》わってきました。仏《ほとけ》さまを信《しん》じるかどうかをめぐって、物部氏《もののべし》と蘇我氏《そがし》が戦争《せんそう》をしました。戦《たたか》いは、仏《ほとけ》さまを尊敬《そんけい》する蘇我氏《そがし》が勝《か》ち、物部氏《もののべし》は滅《ほろ》ぼ

されてしまいました。戦《たたか》いに勝《か》った蘇我氏《そがし》は、それからどんどんと勢力《せいりょく》をのばしました。

仏《ほとけ》さまを厚《あつ》く信《しん》じていた聖徳太子《しょうとくたいし》は、戦争《せんそう》のとき蘇我氏《そがし》の味方《みかた》になって戦《たたか》いました。のちに聖徳太子《しょうとくたいし》は、蘇我氏《そがし》をひきいていた蘇我馬子《そがのうまこ》の娘《むすめ》を妻《つま》にしました。聖徳太子《しょうとくたいし》は、仏教《ぶっきょう》の教《おし》えを広《ひろ》めるために、斑鳩《いかるが》の法隆寺《ほうりゅうじ》などのお寺《てら》を建《た》てました。

物部氏《もののべし》との戦争《せんそう》がおわったあと、聖徳太子《しょうとくたいし》は大阪《おおさか》に四天王寺《してんのうじ》を建《た》てました。大阪《おおさか》は今《いま》でこそ大都会《だいとかい》ですが、そのころは寺《てら》だけがぽつんと建《た》つ、さびしいところでした。それで寺《てら》には、キツツキがいっぱいやって来《き》ました。キツツキはお寺《てら》の柱《はしら》をつついてたくさんの穴《あな》

をあけました。

人《ひと》びとはキツツキが柱《はしら》をつつく音《おと》が、

「物部滅《もののべほろ》ぼした、物部滅《もののべほろ》ぼした、物部氏《もののべし》の魂《たましい》が来《き》ている。殺《ころ》したね、殺《ころ》したね、寺《てら》つつき、寺《てら》つつき。」

というように聞《き》こえました。それから、キツツキは「寺《てら》っ子《こ》」と呼《よ》ばれるようになりました。

蘇我氏《そがし》は、のちに聖徳太子《しょうとくたいし》の子孫《しそん》を滅《ほろ》ぼし、ますます勢力《せいりょく》をのばします。しかし、ついに蘇我氏《そがし》も滅《ほろ》ぼされてしまいます。蘇我氏《そがし》が滅《ほろ》ぼされた話《はなし》は、次《つぎ》の「高見山《たかみさん》の入鹿《いるか》の首塚《くびづか》」として吉野《よしの》でも語《かた》りつがれています。


（民話伝承地　吉野町吉野山《よしのちょうよしのやま》）

高見山《たかみさん》の入鹿《いるか》の首塚《くびづか》

吉野《よしの》は、山伝《やまづた》いに北《きた》は桜井市《さくらいし》の多武峰《とうのみね》、南《みなみ》は東吉野村《ひがしよしのむら》の高見山《たかみさん》に連《つら》なっています。

千四百年《せんよんひゃくねん》ほど前《まえ》のこと。蘇我入鹿《そがのいるか》が国《くに》の政治《せいじ》を思《おも》うままに動《うご》かしていました。見《み》かねた中大兄皇子《なかのおおえのおうじ》（のちの天智天皇《てんじてんのう》）は何《なん》とかしたいものだと考《かんが》えていました。多武峰《とうのみね》の藤原鎌足《ふじわらのかまたり》も、中大兄皇子《なかのおおえのおうじ》と同《おな》じ考《かんが》えでした。藤原鎌足《ふじわらのかまたり》は、蘇我入鹿《そがのいるか》に気《き》づかれないように中大兄皇子《なかのおおえのおうじ》に

相談《そうだん》したいと考《かんが》えました。

　ある日《ひ》、多武峰《とうのみね》で蹴鞠《けまり》が行《おこな》われることになり、藤原鎌足《ふじわらのかまたり》は、蘇我入鹿《そがのいるか》にあやしまれることなく中大兄皇子《なかのおおえのおうじ》と会《あ》うことができました。ふたりは話《はな》し合《あ》い、蘇我入鹿《そがのいるか》をこらしめようということになりました。

　そしてついに中大兄皇子《なかのおおえのおうじ》と藤原鎌足《ふじわらのかまたり》は、蘇我入鹿《そがのいるか》をうちとることができました。蘇我入鹿《そがのいるか》は首《くび》をはねられました。首《くび》をはねられた蘇我入鹿《そがのいるか》は、首《くび》だけになりながらも、中大兄皇子《なかのおおえのおうじ》と藤原鎌足《ふじわらのかまたり》を追《お》いかけました。

　入鹿《いるか》の首《くび》が、逃《に》げる中大兄皇子《なかのおおえのおうじ》と藤原鎌足《ふじわらのかまたり》を追《お》いかけるという話《はなし》

は、奈良県内《ならけんない》のあちらこちらに伝《つた》えられています。吉野《よしの》のお話《はなし》では、蘇我入鹿《そがのいるか》の首《くび》ははるか高見山《たかみさん》まで飛《と》んでいったことになっています。今《いま》も高見山《たかみさん》の頂上《ちょうじょう》にはお社《やしろ》があります。そのお社《やしろ》は飛《と》んできた入鹿《いるか》の首《くび》をまつっていると言《い》われています。今《いま》ではこの高見山《たかみさん》のお社《やしろ》は頭《あたま》の神《かみ》さまで、願《がん》かけをすると頭痛《ずつう》を治《なお》してくれると言《い》い伝《つた》えられています。

昔《むかし》から吉野《よしの》あたりの人《ひと》たちは頭《あたま》が痛《いた》いときには、高見山《たかみさん》のお社《やしろ》へ願《がん》かけに行《い》きました。そうすると不思議《ふしぎ》と頭痛《ずつう》が治《なお》るということです。

（民話伝承地　東吉野村杉谷《ひがしよしのむらすぎたに》）

犬《いぬ》を飼《か》わない村《むら》

のちの天武天皇《てんむてんのう》が、まだ大海人皇子《おおあまのおうじ》のときの話《はなし》です。大海人皇子《おおあまのおうじ》は、天智天皇《てんじてんのう》の息子《むすこ》である大友皇子《おおとものおうじ》と戦争《せんそう》をされました。

戦《たたか》いのさ中《なか》、敵《てき》に追《お》われた大海人皇子《おおあまのおうじ》は、吉野川《よしのがわ》と高見川《たかみがわ》とが合流《ごうりゅう》する窪垣内《くぼがいと》というところまで逃《に》げてこられました。

そこには舟《ふね》の渡《わた》し場《ば》があり、翁《おきな》が魚《さかな》をとっていました。翁《おきな》は、舟《ふね》をひっくり返《かえ》して、その下《した》に大海人皇子《おおあまのおうじ》をかくしました。

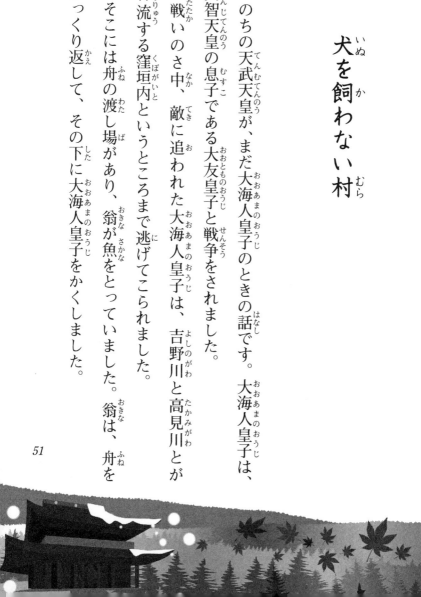

そこへ、敵《てき》が放《はな》った、ミルメとカグハナという名前《なまえ》の二匹《にひき》の犬《いぬ》がやってきて、舟《ふね》のまわりを臭《にお》いをかぎながら、くるくる回《まわ》りました。翁《おきな》は、そばにあった赤《あか》い石《いし》で、二匹《にひき》を殺《ころ》してしまいました。

すぐに敵《てき》があらわれて、

「なぜ犬《いぬ》を殺《ころ》したのだ。」

と、怒《おこ》ってどなりました。すると翁《おきな》は、

「このくそ犬《いぬ》は、お祭《まつ》りのお供《そな》え物《もの》を欲《ほ》しそうにして、ねぶったからや。」

と答《こた》えました。お供《そな》え物《もの》は、神様《かみさま》にさしあげるとても大事《だいじ》なもので、それに手《て》を出《だ》したのであれば、殺《ころ》されても仕方《しかた》ありません。敵《てき》はし

かたなく去《さ》っていき、大海人皇子《おおあまのおうじ》の命《いのち》は助《たす》かりました。二匹《にひき》の犬《いぬ》は、窪垣内《くぼがいと》の坂《さか》の登《のぼ》ったところにほうむられました。

そこには今《いま》、窪垣内《くぼがいと》の学校《がっこう》が建《た》っています。学校《がっこう》の庭《にわ》のすみには犬塚《いぬづか》の記念碑《きねんひ》があります。学校《がっこう》の坂《さか》の下《した》には、大海人皇子《おおあまのおうじ》を助《たす》けた人《ひと》をまつった神社《じんじゃ》があって「御霊《ごりょう》さん」と呼《よ》ばれています。この神社《じんじゃ》には、狛犬《こまいぬ》がありません。また、付近《ふきん》の人《ひと》たちはけっして犬《いぬ》を飼《か》いません。自分《じぶん》たちが氏神《うじがみ》としてまつっている先祖《せんぞ》が、犬《いぬ》を殺《ころ》して大海人皇子《おおあまのおうじ》をお救《すく》いしたからです。

また、赤《あか》い石《いし》もぜったいに使《つか》わないということです。

（民話伝承地　吉野町窪垣内《よしのちょうくぼがいと》・南国栖《みなみくず》）

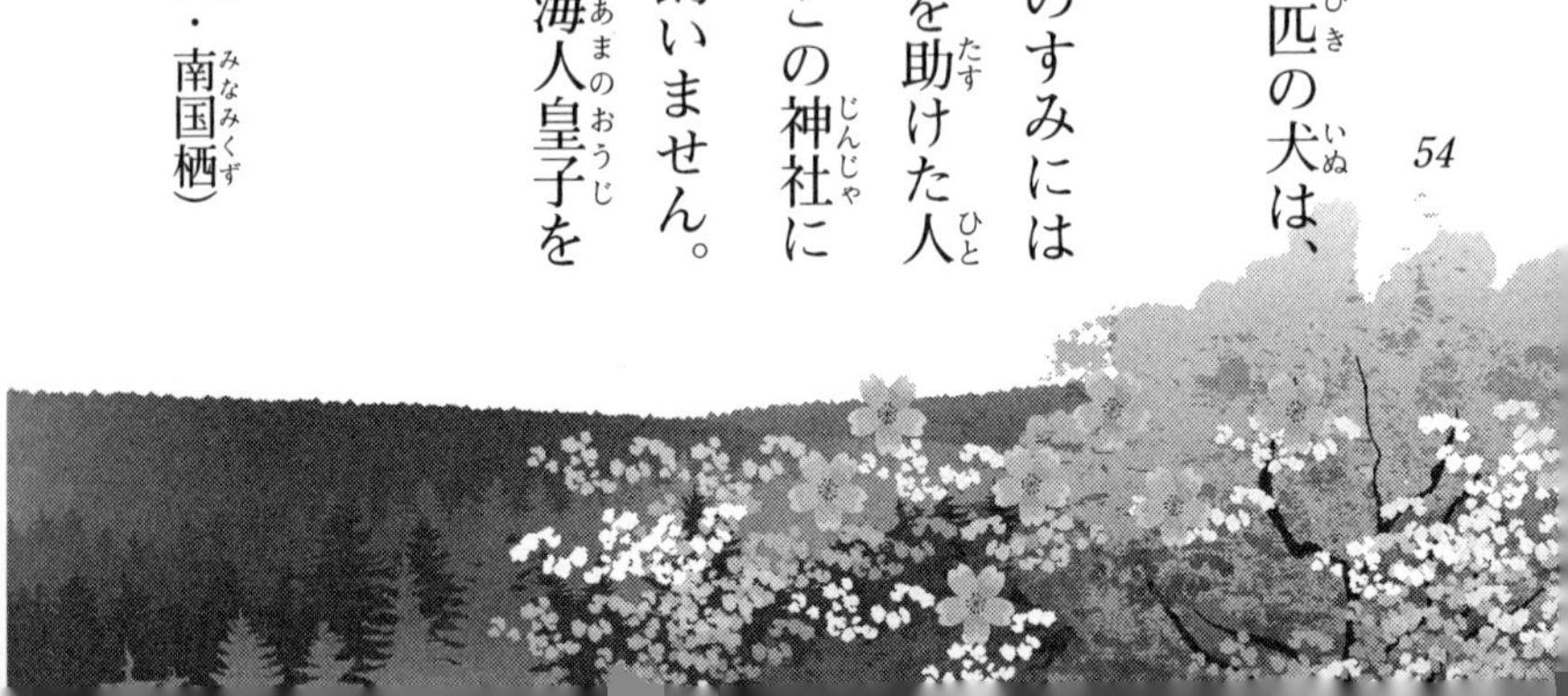

五郎宗岩《ごろそういわ》

東吉野村《ひがしよしのむら》の高見山《たかみさん》に、五郎宗岩《ごろそういわ》とも、ゆるぎ岩《いわ》とも呼《よ》ばれている大《おお》きな石《いし》があります。だれも持《も》ち上《あ》げられないほど大《おお》きな石《いし》です。平野《ひらの》に住《す》む五郎宗《ごろそう》という力持《ちからも》ちの男《おとこ》が持《も》ちあげたということから、五郎宗《ごろそう》岩《いわ》と呼《よ》ばれるようになりました。

成人《せいじん》した五郎宗《ごろそう》は、力持《ちからも》ちになりたくて、

「毎日《まいにち》、一本《いっぽん》ずつ竹《たけ》を持《も》って登《のぼ》るから、百日目《ひゃくにちめ》には、百本《ひゃっぽん》の竹《たけ》を

持《も》って帰《かえ》るだけの力持《ちからも》ちにしてほしい。」

と、高見山《たかみさん》に願《がん》をかけました。ところが、満願《まんがん》の百日目《ひゃくにちめ》、いざ、百本《ひゃっぽん》の竹《たけ》を抱《かか》えたところ、足《あし》が道《みち》にめりこんで動《うご》きません。しかたがないので、

「人一倍《ひといちばい》の力《ちから》でいい。」

と言《い》って、その力《ちから》をもらって帰《かえ》ったそうです。

五郎宗《ごろそう》は、駕籠《かご》かきを仕事《しごと》としていました。ある日《ひ》、お客《きゃく》があっても相棒《あいぼう》がいないので、後《うし》ろの駕籠《かご》にお客《きゃく》さんを乗《の》せて、前《まえ》に大《おお》きな石《いし》をぶら下《さ》げて、ひとりで駕籠《かご》をかついで高見山《たかみさん》まで登《のぼ》っていったそうです。

また、あるときは、俵二俵《たわらにひょう》を両方《りょうほう》に分《わ》けてかついだ牛《うし》が道《みち》のまん中《なか》に立《た》っていました。

「五郎宗《ごろそう》、邪魔《じゃま》になるからどけてくれるか。」

と、頼《たの》まれた五郎宗《ごろそう》は、

「邪魔《じゃま》になるかのう。」

と言《い》いながらも、俵《たわら》を積《つ》んだままの牛《うし》を抱《かか》えて、ひょいっと道《みち》の横《よこ》の方《ほう》へ置《お》いたそうです。

また、ある日《ひ》、五郎宗《ごろそう》が牛《うし》を追《お》って町《まち》を歩《ある》いていたら、大名行列《だいみょうぎょうれつ》に出合《であ》わせてしまいました。警護《けいご》の武士《ぶし》がやってきて、

「早《はや》く、よけさせるように。」

と五郎宗《ごろそう》に言《い》ったのですが、急《きゅう》なことで、牛《うし》もすぐには動《うご》けません。そこで五郎宗《ごろそう》は、牛《うし》をかたにかついで、ポイ、ポイと横《よこ》に寄《よ》せたということです。

(民話伝承地　東吉野村平野《ひがしよしのむらひらの》)

役行者《えんのぎょうじゃ》

昔《むかし》、役行者《えんのぎょうじゃ》は葛城山《かつらぎさん》のふもとに生《う》まれました。関西《かんさい》のあらゆる山《やま》

に登《のぼ》って修行《しゅぎょう》をしました。そして吉野《よしの》へやってきて、南《みなみ》の大峯山《おおみねさん》に行《い》って修行《しゅぎょう》を始《はじ》めました。けわしい山《やま》や岩場《いわば》を登《のぼ》り、千日間《せんにちかん》の修行《しゅぎょう》をしました。

千日間《せんにちかん》の修行《しゅぎょう》の最後《さいご》の満願《まんがん》の日《ひ》、山《やま》は雨《あめ》あられが降《ふ》り、かみなりが鳴《な》るたいへんな天気《てんき》でした。そんな中《なか》で役行者《えんのぎょうじゃ》の目《め》の前《まえ》に蔵王権現《ざおうごんげん》という仏《ほとけ》さまが現《あらわ》れました。役行者《えんのぎょうじゃ》は蔵王権現《ざおうごんげん》のお姿《すがた》を桜《さくら》の木《き》に刻《きざ》み、おまつりすることにしました。こうして役行者《えんのぎょうじゃ》は大峯山《おおみねさん》を開《ひら》き、人《ひと》びとの修行《しゅぎょう》の場《ば》としました。こういうわけで、大峯山《おおみねさん》の頂上《ちょうじょう》にある大峯山寺《おおみねさんじ》や吉野町《よしのちょう》の蔵王堂《ざおうどう》には蔵王権現《ざおうごんげん》がまつられています。

また、役行者《えんのぎょうじゃ》は日本中《にほんじゅう》のけわしい山《やま》で修行《しゅぎょう》を積《つ》んで、おおくの人《ひと》

びとに教《おし》えを説《と》きました。しかし、それが時《とき》の天皇《てんのう》の怒《いか》りにふれました。天皇《てんのう》は、

「役行者《えんのぎょうじゃ》を伊豆《いず》の大島《おおしま》に島流《しまなが》しにせよ。」

と命令《めいれい》を下《くだ》しました。

それでも役行者《えんのぎょうじゃ》は、修行《しゅぎょう》で身《み》につけた神通力《じんつうりき》で島《しま》から飛《と》んであちらこちらの山《やま》でさらに修行《しゅぎょう》を積《つ》んだということです。

役行者《えんのぎょうじゃ》が大峯山《おおみねさん》に登《のぼ》ったときのことです。役行者《えんのぎょうじゃ》のお母《かあ》さんもあとについて行《い》こうとしました。ところが、お母《かあ》さんが登《のぼ》って行《い》ったとき途中《とちゅう》で火《ひ》の雨《あめ》が降《ふ》りだしました。お母《かあ》さんは鍋《なべ》をかついで登《のぼ》って行《い》こうとしました。けれども、火《ひ》の雨《あめ》はますますはげしくなり、とうと

うお母《かあ》さんは山《やま》に登《のぼ》ることをあきらめざるをえませんでした。
吉野《よしの》から大峯山《おおみねさん》につづく道《みち》の途中《とちゅう》、洞辻《どろつじ》の手前《てまえ》に「ナベカツギ」というところがあります。火《ひ》の雨《あめ》にあった役行者《えんのぎょうじゃ》のお母《かあ》さんが鍋《なべ》をかついだところと言《い》われています。

（民話伝承地
吉野町吉野山《よしのちょうよしのやま》）

蛙《かえる》になった人間《にんげん》

役行者《えんのぎょうじゃ》が開《ひら》かれた大峰山《おおみねさん》は現在《げんざい》、五月三日《ごがつみっか》から九月二十三日《くがつにじゅうさんにち》までの間《あいだ》、山《やま》が開《ひら》かれています。冬《ふゆ》の間《あいだ》は雪《ゆき》が多《おお》くて登《のぼ》ることができません。

そんな大峯山《おおみねさん》には多《おお》くの人《ひと》たちがお参《まい》りにきますが、けわしい所《ところ》つづきの修行《しゅぎょう》がいやになったある人《ひと》が、

「こんなところで修行《しゅぎょう》しても、拝《おが》んでも何《なに》も御利益《ごりやく》なんかない。」

などと、いろいろ悪口《わるぐち》を言《い》い、お参《まい》りに来《き》たほかの人《ひと》びとにも言《い》い触《ふ》らしました。すると、ばちがあたったのでしょうか、悪口《わるぐち》を言《い》っていた人《ひと》は足《あし》をすべらせて崖《がけ》から真《ま》っ逆《さか》さまに谷《たに》に落《お》ちていってしまいました。

落《お》ちた人《ひと》は運《うん》のよいことに死《し》にはしませんでした。しかし谷《たに》が深《ふか》くて、誰《だれ》も助《たす》けに行《い》くことができません。そこで、お寺《てら》のお坊《ぼう》さんたちが集《あつ》まって、

「助《たす》けてほしかったら、蛙《かえる》の姿《すがた》で助《たす》けてやろう。それで真人間《まにんげん》になるか。」

と呼《よ》びかけました。

悪口《わるぐち》を言《い》っていた人《ひと》は、助《たす》かりたい一心《いっしん》で承知《しょうち》しました。そして、蛙《かえる》の姿《すがた》でけわしい岩場《いわば》をよじ登《のぼ》ってきました。こうして崖《がけ》の上《うえ》に登《のぼ》ってくることができました。しかし、人間《にんげん》の姿《すがた》にもどすことができないので、蛙《かえる》は吉野《よしの》の蔵王堂《ざおうどう》に連《つ》れてこられました。蛙《かえる》はお坊《ぼう》さんに、

「人間《にんげん》の姿《すがた》にもどるには、たいへんな行《ぎょう》をしないといけない。」

と言《い》われました。蛙《かえる》は、人間《にんげん》にもどりたい一心《いっしん》で承知《しょうち》しました。

そこで、吉野中《よしのじゅう》のお坊《ぼう》さんが集《あつ》まって、お経《きょう》をあげてやりました。すると蛙《かえる》は人間《にんげん》の姿《すがた》にもどりました。悪口《わるぐち》を言《い》っていた人《ひと》は、真人間《まにんげん》に生《う》まれ変《か》わったということです。

蔵王堂《ざおうどう》で七月七日《しちがつなのか》に行《おこな》われる「蛙跳《かえると》び」の行事《ぎょうじ》は、こうして行《おこな》われ

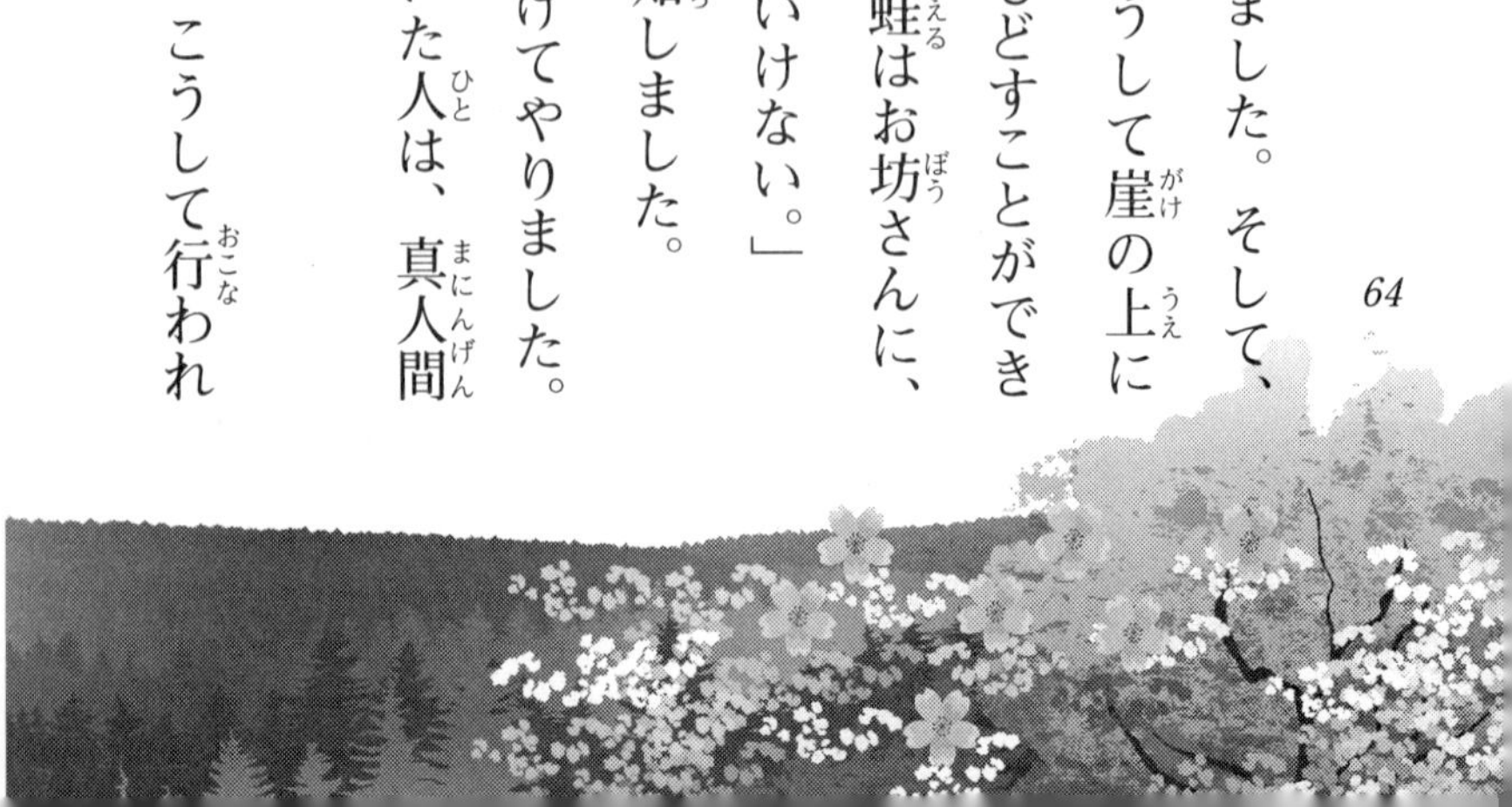

るようになったと伝《つた》えられています。

（民話伝承地　吉野町吉野山《よしのちょうよしのやま》）

義経《よしつね》と弁慶《べんけい》

平安時代《へいあんじだい》のおわりごろ、源氏《げんじ》と平家《へいけ》が戦《たたか》いました。戦《たたか》いに勝《か》ったのは源氏《げんじ》でした。ところが、兄《あに》である源頼朝《みなもとのよりとも》は、今度《こんど》は弟《おとうと》の源義経《みなもとのよしつね》を滅《ほろ》ぼそうとしました。義経《よしつね》は頼朝《よりとも》から逃《に》げ、山深《やまぶか》い吉野《よしの》の地《ち》に逃《に》げのびました。

義経《よしつね》は吉水神社《よしみずじんじゃ》に隠《かく》れましたが、追《お》っ手《て》がせまり、さらに南《みなみ》の金峯神社《きんぷじんじゃ》から少《すこ》し下《くだ》ったところにある塔《とう》に身《み》を隠《かく》しました。しばら

く塔《とう》に隠《かく》れていたのですが、とうとう敵《てき》に見《み》つかってしまいました。義経《よしつね》は塔《とう》の二階《にかい》に上《のぼ》り、塔《とう》の扉《とびら》を蹴破《けやぶ》って屋根越《やねご》しに外《そと》へ逃《に》げ、かろうじて助《たす》かったのです。

それ以来《いらい》、その塔《とう》は、義経《よしつね》が隠《かく》れた塔《とう》ということで「隠《かく》れ塔《とう》」とも、義経《よしつね》が扉《とびら》を破《やぶ》って逃《に》げたので「蹴破《けやぶ》りの塔《とう》」とも呼《よ》ばれるようになりました。また逃《に》げのびた義経《よしつね》は、外《そと》からは見《み》つかりにくい谷《たに》に隠《かく》れました。今《いま》でも吉野町菜摘《よしのちょうなつみ》の人《ひと》びとは義経《よしつね》が隠《かく》れた谷《たに》を「隠《かく》れ谷《だに》」と言《い》っています。

さらに義経《よしつね》は、喜佐谷《きさだに》に逃《に》げたとき、小川《おがわ》にかかる橋《はし》の上《うえ》で休《やす》みました。義経《よしつね》はついうとうとと、うたた寝《ね》をしてしまいました。それ

以来《いらい》、その橋《はし》を「うたたね橋《ばし》」と呼《よ》ぶようになりました。「うたたね橋《ばし》」は屋根《やね》つきのめずらしい橋《はし》だったのですが、今《いま》はもう残《のこ》っていません。

一方《いっぽう》、義経《よしつね》の家来《けらい》の弁慶《べんけい》は、吉水神社《よしみずじんじゃ》の一部屋《ひとへや》で、

「どのようにして、わが主人《しゅじん》の義経《よしつね》さまを逃《に》がしたらいいだろうか。」

と考《かんが》えに考《かんが》えつづけました。今《いま》でも吉水神社《よしみずじんじゃ》には弁慶《べんけい》が思案《しあん》をめぐらせたところと言《い》い伝《つた》えられている「弁慶思案《べんけいしあん》の間《ま》」があります。

思案《しあん》に思案《しあん》を重《かさ》ねた弁慶《べんけい》は、義経《よしつね》を逃《に》がすための願《がん》かけをして断食《だんじき》をしました。弁慶《べんけい》は、断食《だんじき》してどれだけ力《ちから》が弱《よわ》っているかを試《ため》してみることにしました。弁慶《べんけい》は、大《おお》きな石《いし》に釘《くぎ》を親指《おやゆび》で押《お》し込《こ》みました。

釘《くぎ》はみるみるうちに石《いし》の中《なか》に入《はい》り込《こ》んでいきました。釘《くぎ》が入《はい》り込《こ》んだ石《いし》は、今《いま》も吉水神社《よしみずじんじゃ》に残《のこ》されていて、「弁慶《べんけい》の力釘《ちからくぎ》」と呼《よ》ばれています。

（民話伝承地
吉野町吉野山《よしのちょうよしのやま》）

後醍醐天皇《ごだいごてんのう》

吉野《よしの》には「歌書《かしょ》よりも軍書《ぐんしょ》に悲《かな》し吉野山《よしのやま》」（吉野《よしの》の自然《しぜん》、桜《さくら》の花《はな》の美《うつく》しさをよんだ歌《うた》の本《ほん》もたくさんあるけれど、戦《たたか》いで多《おお》くの人《ひと》びとがこの吉野山《よしのやま》で悲《かな》しい思《おも》いをした）という言葉《ことば》が残《のこ》されています。

源頼朝《みなもとのよりとも》によって開《ひら》かれた鎌倉幕府《かまくらばくふ》も百五十年《ひゃくごじゅうねん》たらずで幕《まく》を閉《と》じました。その後《ご》、後醍醐天皇《ごだいごてんのう》の「建武《けんむ》の新政《しんせい》」の時代《じだい》を迎《むか》えます。しかし建武《けんむ》の新政《しんせい》も長《なが》くは続《つづ》かず、再《ふたた》び内乱《ないらん》の時代《じだい》になりました。吉野《よしの》の

南朝《なんちょう》と京都《きょうと》の北朝《ほくちょう》にわかれて戦《たたか》いをくりかえしたので「南北朝時代《なんぼくちょうじだい》」と呼《よ》ばれています。

京都《きょうと》を追《お》われた後醍醐天皇《ごだいごてんのう》は京都《きょうと》の南《みなみ》、笠置山《かさぎやま》へお逃《に》げになりますが、この城《しろ》も落《お》とされてしまいます。後醍醐天皇《ごだいごてんのう》は、夜《よる》のうち、敵《てき》に気《き》づかれないように吉野山《よしのやま》に逃《に》げようとされました。しかし道《みち》に迷《まよ》ってしまいどうしようもなくなったとき、三《みっ》つの灯火《ともしび》が道《みち》の先々《さきざき》に灯《とも》って吉野山《よしのやま》までずっと後醍醐天皇《ごだいごてんのう》をご案内《あんない》しました。

三《みっ》つの灯火《ともしび》は蔵王堂《ざおうどう》のあたりですうーっと消《き》えました。灯火《ともしび》が後醍醐天皇《ごだいごてんのう》を吉野山《よしのやま》にお導《みちび》きしたということで「導《みちび》きの稲荷《いなり》」として今《いま》でもまつられています。

こうして吉野《よしの》にやって来《こ》られた後醍醐天皇《ごだいごてんのう》は、ふたたび京都《きょうと》へもどりたいとずっと思《おも》い続《つづ》け、北朝《ほくちょう》と戦《たたか》いつづけられたのでした。しかし、後醍醐天皇《ごだいごてんのう》にも最期《さいご》のときがおとずれます。後醍醐天皇《ごだいごてんのう》は、なくなる前《まえ》に、

「いつも私《わたし》がお参《まい》りをしていた如意輪寺《にょいりんじ》に墓《はか》をつくってほしい。墓《はか》は北向《きたむ》きにしてほしい。」

と言《い》い残《のこ》して世《よ》を去《さ》られました。それは、後醍醐天皇《ごだいごてんのう》の敵《てき》が北《きた》の京都《きょうと》にいたからです。

そういうわけで、後醍醐天皇《ごだいごてんのう》の御陵《ごりょう》は、如意輪寺《にょいりんじ》に北向《きたむ》きにつくられたということです。

（民話伝承地　吉野町吉野山《よしのちょうよしのやま》）

天誅組《てんちゅうぐみ》

吉野地方《よしのちほう》は、山《やま》また山《やま》で奥深《おくぶか》く、交通《こうつう》も不便《ふべん》であったため、昔《むかし》からいろんな戦《いくさ》から逃《のが》れてきた人《ひと》たちが住《す》みつき、再《ふたた》び、戦《たたか》いに打《う》ち出《だ》していった所《ところ》です。大海人皇子《おおあまのおうじ》のときもそうでしたし、後醍醐天皇《ごだいごてんのう》のときもそうでした。

江戸時代《えどじだい》のおわりごろ、やはり大《おお》きな戦《いくさ》があって、奈良県《ならけん》の南《みなみ》半分《はんぶん》は、大《おお》きな影響《えいきょう》を受《う》けました。この戦《たたか》いを始《はじ》めたのが、天誅組《てんちゅうぐみ》

です。

天誅組《てんちゅうぐみ》は、侍《さむらい》中心《ちゅうしん》の政治《せいじ》を新《あたら》しい政治《せいじ》に変《か》えようとするものでした。志《こころざし》をもった人《ひと》たちが四国《しこく》や九州《きゅうしゅう》、大阪《おおさか》などから集《あつ》まり、五條代官所《ごじょうだいかんしょ》（五條市《ごじょうし》）を襲撃《しゅうげき》しました。そして、京《きょう》へ向《む》かって北上《ほくじょう》しましたが、京《きょう》の御所《ごしょ》に認《みと》められず、また、橿原市《かしはらし》あたりで幕府軍《ばくふぐん》との戦《たたか》いになり、結局《けっきょく》、負《ま》けて敗走《はいそう》することになりました。

一度《いちど》は、兵《へい》や資金《しきん》を送《おく》って支援《しえん》してくれた十津川村《とつかわむら》に向《む》かいましたが、そこでも、追《お》っ手《て》に打《う》ち破《やぶ》られ、兵《へい》はちりぢりに離散《りさん》し、東吉野村《ひがしよしのむら》の鷲家《わしか》が最後《さいご》の戦《たたか》いの場所《ばしょ》となりました。

そのあと、しばらくして、日本全体《にほんぜんたい》を巻《ま》きこむ大《おお》きな戦《たたか》いがありま

した。侍《さむらい》の政治《せいじ》をやめさせようとする人《ひと》たちと、侍《さむらい》の世《よ》の中《なか》を守《まも》ろうとする人《ひと》たちとの間《あいだ》で激《はげ》しい戦《たたか》いが始《はじ》まり、結局《けっきょく》、新《あたら》しい世《よ》の中《なか》に変《か》えようとする人《ひと》たちの手《て》で、明治維新《めいじいしん》がなしとげられ、明治政府《めいじせいふ》ができたのです。

天誅組《てんちゅうぐみ》も、新《あたら》しい政治《せいじ》に変《か》えようとする人《ひと》たちの集《あつ》まりであったことから、そのはたらきを、明治維新《めいじいしん》のさきがけになったと大《おお》きく評価《ひょうか》する人《ひと》もいます。

いずれにしても、たくさんの人《ひと》たちが亡《な》くなった悲《かな》しいできごとでした。

（民話伝承地　東吉野村《ひがしよしのむら》の各地）

吉野山《よしのやま》の名所旧跡《きゅうせき》と年中行事

奥深い吉野の中でも、吉野山は電車などで訪れやすいところです。主なものを紹介します。

■吉野山の名所旧跡

【吉野神宮《よしのじんぐう》】吉野町吉野山《よしのちょうよしのやま》3226 地図5ページ

0746—32—3088

明治22年（1889）年に創立された新しい神宮ですが、社殿《しゃでん》は檜造《ひのきづくり》で荘厳《そうごん》です。祭神《さいじん》は後醍醐《ごだいご》天皇で、日野資朝《ひのすけとも》らを祀《まつ》る三つの摂社《せっしゃ》（御影《みかげ》神社、船岡《ふなおか》神社、滝桜《りゅうおう》神社）があります。吉野神宮からは、遠く役行者《えんのぎょうじゃ》が修行《しゅぎょう》した金剛《こんごう》、葛城《かつらぎ》の山々を見渡せます。

吉野神宮

【黒門《くろもん》】 地図7ページ

金峯山寺《きんぷせんじ》（78ページ）の総門です。瓦葺《かわらぶ》きの高麗門《こうらいもん》（主に城郭《じょうかく》の表門《おもてもん》に用いられる格式の高い門）で、貴族や大名のような身分の高い人であっても、ここで乗り物をおりて敬意を払ったといわれています。

黒門

【銅鳥居《かねのとりい》】 地図7ページ

銅製《どうせい》の鳥居で、室町《むろまち》時代に建てられました。重要文化財に指定されています。修験道《しゅげんどう》の修行《しゅぎょう》の山である大峯《おおみね》山脈の山上ヶ岳《さんじょうがたけ》（吉野郡天川村《てんかわむら》）まで発心《ほっしん》、修行、等覚《とうかく》、妙覚《みょうかく》という四つの門がありますが、その一番最初の門に当たります。山伏《やまぶし》（山で修行する修験道の行者《ぎょうじゃ》）たちはここで祈《いの》りを捧《ささ》げます。

銅鳥居

【金峯山寺《きんぷせんじ》】吉野町吉野山《よしのちょうよしのやま》2498

0746―32―8371

地図7ページ

吉野山の尾根《おね》の、ほぼ中央の高台に位置します。山号《さんごう》は国軸山《こくじくさん》。役行者《えんのぎょうじゃ》が開いたと伝えられ、平安《へいあん》時代の僧・理源大師聖宝《りげんだいししょうぼう》の中興《ちゅうこう》（再び盛んにした）といわれています。重要文化財の本尊《ほんぞん》・蔵王権現《ざおうごんげん》を祀《まつ》る本堂を蔵王堂《ざおうどう》といい、二王門《におうもん》とともに国宝に指定されています。現在の大峯山寺《おおみねさんじ》（吉野郡天川村《てんかわむら》）本堂を山上《さんじょう》蔵王堂、金峯山寺の本堂を下山《げざん》蔵王堂といいます。宇多法王《うだほうおう》に始まり、藤原道長《ふじわらのみちなが》・頼道《よりみち》・師通《もろみち》などの貴族たちが御嶽詣《みたけもうで》を行い、白河《しらかわ》法王もこの寺に参詣《さんけい》したことがよく知られています。

境内《けいだい》には、本堂前に大塔宮護良親王《おおとうのみやもりよししんのう》の陣地跡《じんちあと》と伝える四本桜《しほんざくら》や重要文化財の銅灯籠《どうとうろう》、南朝《なんちょう》の皇居跡とされる南朝妙法殿《みょうほうでん》などがあります。

蔵王堂（金峯山寺）

【蔵王堂《ざおうどう》（金峯山寺《きんぷせんじ》）】

蔵王堂が建てられたのは、平安《へいあん》時代と考えられています。その後、何度も焼失しました。今のお堂は、安土桃山《あづちももやま》時代・天正《てんしょう》20年（1592）に再建されました。重層入母屋造《じゅうそういりもやづくり》の檜皮葺《ひわだぶき》で、古い木造建築物としては東大寺大仏殿《とうだいじだいぶつでん》（奈良市《ならし》）に次ぐ大建築物で、国宝に指定されています。堂内は、68本の柱で支えられ、梨《なし》や躑躅《つつじ》の巨木《きょぼく》と伝えられる柱もあります。

二王門（金峯山寺）

【二王門《におうもん》（金峯山寺《きんぷせんじ》）】

重層入母屋造《じゅうそういりもやづくり》の楼門《ろうもん》で、国宝に指定されています。元弘《げんこう》3年（1333）、鎌倉幕府《かまくらばくふ》軍の攻撃で焼失し、再建されました。正平《しょうへい》3年（1348）に高師直《こうのもろなお》が襲来《しゅうらい》したときに再び被害を受けましたが、康正《こうしょう》2年（1456）に大修理が完成したと考えられています。左右に安置されている重要文化財の仁王《におう》像は、大仏師《だいぶっし》・康成《こうせい》によって延元《えんげん》3年（1338）から造《つく》り始められたもので、制作された時代の力強さを今に残しています。

【蔵王権現《ざおうごんげん》（金峯山寺《きんぷせんじ》）】

金峯山寺の本尊《ほんぞん》・蔵王権現は釈迦如来《しゃかにょらい》、千手観音《せんじゅかんのん》、弥勒菩薩《みろくぼさつ》の三尊《さんぞん》の徳を持った仏様ですが、恐ろしい姿をしています。右手に三鈷杵《さんこしょ》という法具《ほうぐ》を握って肩をいからせ、左手は刀印《とういん》を結んで腰を抑《おさ》えています。左足は盤石《ばんじゃく》を踏《ふ》まえ、右足は大地を蹴り上げています。眼《め》は怒りに燃え、頭髪《とうはつ》は逆立ち、全身ことごとく悪魔降伏《こうぶく》（悪魔をやっつけること）の姿です。重要文化財に指定されています。蔵王権現は秘仏《ひぶつ》となっていて、普段は拝観できません。前もって特別開扉《かいひ》の日時を調べてから、ご参拝ください。

蔵王権現（金峯山寺）

【東南院《とうなんいん》】吉野町吉野山《よしのちょうよしのやま》2416 地図6ページ
0746—32—3005

大峯《おおみね》山脈の山上ヶ岳《さんじょうがたけ》にある大峯山寺《おおみねさんじ》（吉野郡天川村《てんかわむら》）を護《まも》る「大峯山寺護持院《ごじいん》」は、東南院《とうなんいん》、喜蔵院《きぞういん》、桜本坊《さくらもとぼう》、竹林院《ちくりんいん》（以上は吉野町吉野山）、龍泉寺《りゅうせんじ》（吉野郡天川村）と、全部で五つあります。

その一つ、東南院は蔵王堂《ざおうどう》の南方にあり、金峯山寺《きんぷせんじ》修験本宗《しゅげんほんしゅう》のお寺です。寺伝《じでん》によれば役行者《えんのぎょうじゃ》が開いたとされています。鎌倉《かまくら》時代の『金峯山寺創草記《そうそうき》』によれば、日円上人《にちえんしょうにん》が唐《とう》（中国）の皇帝から贈られた袈裟《けさ》が伝えられているとあります。また、関白《かんぱく》・鷹司基忠《たかつかさもとただ》の息子・聖尋上人《しょうじんしょうにん》が後醍《ごだい》醐《ご》天皇に仕えて東南院の住職になったと伝えています。境内《けいだい》には、野上八《のかみはち》幡宮《まんぐう》（和歌山県）にあった多宝塔《たほうとう》が移築され、塔内には奈良県指定文化財の大日如来坐像《だいにちにょらいざぞう》が安置されています。

東南院

喜蔵院

【喜蔵院《きぞういん》】 吉野町吉野山《よしのちょうよしのやま》１２５４ **地図6ページ**
０７４６—３２—３０１４
大峯山寺護持院《おおみねさんじごじいん》の一つ。本山修験本宗別格本山《ほんざんしゅげんほんしゅうべっかくほんざん》で、江戸《えど》時代から本山派大先達職《ほんざんはだいせんだつしょく》（貴族など位《くらい》の高い人が修行《しゅぎょう》するため霊場《れいじょう》に入峰《にゅうぶ》したときに、その修行を助けたり、先導したりする役職）を兼職《けんしょく》しています。本尊《ほんぞん》は役行者《えんのぎょうじゃ》で、蔵王権現《ざおうごんげん》、不動明王《ふどうみょうおう》を祀《まつ》っています。幕府《ばくふ》に追われた江戸時代の陽明《ようめい》学者・熊沢蕃山《くまざわばんざん》が一時、喜蔵院《きぞういん》に匿《かくま》われていたことがあり、蕃山の歌碑《かひ》が建てられています。

【桜本坊《さくらもとぼう》】吉野町吉野山《よしのちょうよしのやま》1269 地図6ページ
0746―32―5011

大峯山寺護持院《おおみねさんじごじいん》の一つ。江戸《えど》時代は、金峯山寺塔頭《きんぷせんじたっちゅう》満堂派《まんどうは》のお寺で、現在は金峯山修験本宗《しゅげんほんしゅう》に属しています。もとは吉野山の南の市場町《いちばちょう》という所にあり、井光山《せんこうざん》五台寺《ごだいじ》桜本坊と号《ごう》しました。明治《めいじ》時代の廃仏毀釈《はいぶつきしゃく》（お寺や仏像などを廃《はい》する〈毀《こわ》す〉こと）ののちに廃寺《はいじ》となった密乗院跡《みつじょういんあと》へ移って、現在に至っています。本堂には、本尊《ほんぞん》として重要文化財の木造役小角像《もくぞうえんのおづぬぞう》が祀《まつ》られています。本像は、穏やかで、ふくよかな姿が特徴とされてい

桜本坊

ます。ともに重要文化財の銅造釈迦如来坐像《どうぞうしゃかにょらいざぞう》・木造地蔵菩薩《じぞうぼさつ》坐像なども伝わっています。

【竹林院《ちくりんいん》】吉野町吉野山《よしのちょうよしのやま》２１４２ **地図6ページ**

０７４６―３２―８０８１

大峯山寺護持院《おおみねさんじごじいん》の一つ。竹林院の創建《そうけん》は、聖徳太子《しょうとくたいし》が吉野山を訪れたときに建てた一宇《いちう》（一軒《いっけん》）の精舎《しょうじゃ》（お寺）を椿山寺《ちんざんじ》と号《ごう》したのに始まるとされています。また、空海《くうかい》が金峯山寺《きんぷせんじ》修行《しゅぎょう》の折、ここに山籠《やまご》もりして修行したので、当寺の第一世住職は空海とし、「笙《しょう》の窟《いわや》」で千日行《せんにちぎょう》をし、のちに如意輪寺《にょいりんじ》を開いたという日蔵道賢《にちぞうどうげん》を第二世住職としています。

山門《さんもん》に面して唐破風《からはふ》のついた式台《しきだい》（玄関先に設けた板敷《じ》きの部分）のあるところが正面玄関で、その左が池泉《ちせん》回遊式《かいゆうしき》の庭園（池の周りをめぐる庭）「群芳園《ぐんぽうえん》」の入口となっています。「群芳園」は、慈光院《じこういん》（大和郡山市《やまとこおりやまし》）の庭園、当麻寺中之坊《たいまでらなかのぼう》（葛城市《かつらぎし》）の「香藕園《こうぐうえん》」と並び、大和《やまと》三庭園の一つに数えられています。

竹林院

【吉水神社《よしみずじんじゃ》】吉野町吉野山《よしのちょうよしのやま》579　地図6ページ
0746―32―3024

もとは金峯山寺《きんぷせんじ》の僧坊《そうぼう》（僧侶《そうりょ》が生活する建物）で、吉水院《よしみずいん》といいました。後醍醐《ごだいご》天皇の行宮《あんぐう》（一時的な宮殿）となり、豊臣秀吉《とよとみひでよし》が花見を催《もよお》した際には本陣《ほんじん》となりました。また、源義経《みなもとのよしつね》が吉野に逃《のが》れてきたときには弁慶《べんけい》、静御前《しずかごぜん》とともに、ここに匿《かくま》われたといわれています。

吉水神社

【勝手神社《かってじんじゃ》】吉野町吉野山《よしのちょうよしのやま》2354　地図6ページ

神社の名前が「勝って」に通じることから、戦勝の神としても信仰されてきました。大海人皇子《おおあまのおうじ》（のちの天武《てんむ》天皇）が社殿《しゃでん》の前で琴《こと》を奏《かな》でると、神社の裏山・袖振山《そでふりやま》から天女が現れて舞《まい》を舞《ま》ったという伝説があります。ま

勝手神社

た、ともに吉野に逃れてきた源義経《みなもとのよしつね》と別れた静御前《しずかごぜん》が追手に捕えられ、舞を舞わされたという話も伝えられています。

【大日寺《だいにちじ》】吉野町吉野山《よしのちょうよしのやま》2357 **地図6ページ**

0746―32―4354

真言宗醍醐派《しんごんしゅうだいごは》（総本山《そうほんざん》・醍醐寺《だいごじ》〈京都市《きょうとし》〉）のお寺です。役行者《えんのぎょうじゃ》が開いたと伝えられています。平安《へいあん》時代の五智如来《ごちにょらい》（重要文化財）で知られます。五智如来というのは、金剛界《こんごうかい》の大日《だいにち》如来を中心に阿閦《あしゅく》、宝生《ほうしょう》、不空成就《ふくうじょうじゅ》、阿弥陀《あみだ》の五体の仏を配していることで、大日寺のように五体すべてが揃《そろ》っているというのは、とても貴重です。

大日寺

【村上義光《むらかみよしてる》の墓《はか》】 **地図5ページ**

【村上義隆《むらかみよしたか》の墓《はか》】 **地図4ページ**

村上義光とその息子・義隆は、鎌倉《かまくら》時代末期の武将で後醍醐《ごだいご》天皇の忠臣でした。後醍醐天皇の皇子《おうじ》・護良親王《もりよししんのう》が敵に追われて熊野《くまの》へ逃げのびていくとき、義光は護良親王《しんのう》の鎧《よろい》を着けて身代わりとなったといわれています。そののち、義隆《よしたか》も敵を防いで討死《うちじに》したと伝えられています。義隆は歳《とし》わずか18歳《さい》でした。

【如意輪寺《にょいりんじ》】吉野町吉野山《よしのちょうよしのやま》1024 地図6ページ
0746—32—3008

如意輪寺

平安《へいあん》時代中期・延喜《えんぎ》年間（901～923）に創建《そうけん》されたと伝えられるお寺で、のちに後《ご》醍醐《だいご》天皇が祈願《きがん》して勅願寺《ちょくがんじ》となりました。南北朝《なんぼくちょう》時代の武将・楠木正成《くすのきまさしげ》の息子である楠木正行《くすのきまさつら》が四條畷《しじょうなわて》（大阪府）に出陣する時、お堂の扉に辞世《じせい》の句を矢尻《やじり》で書いたという有名な話が残されています。後醍醐天皇ゆかりの寺だけに南朝方《なんちょうがた》の資料も多くあり、宝物殿《ほうもつでん》は必見です。ここには檜《ひのき》の寄木造《よせぎづくり》の蔵王権現《ざおうごんげん》（重要文化財に指定）

村上義隆の墓

が安置されています。

【後醍醐天皇塔之尾陵《ごだいごてんのうとうのおりょう》】地図6ページ

延元《えんげん》4年（1339）8月、後醍醐《ごだいご》天皇は52歳で亡くなられ、如意輪寺《にょいりんじ》の一角に葬《ほうむ》られました。御陵《ごりょう》は円墳《えんぷん》で、天皇自身が戻られることを願って止《や》まなかった京都《きょうと》の方角（北）に向かって築《きず》かれています。

吉野水分神社

【吉野水分神社《よしのみくまりじんじゃ》】吉野町吉野山《よしのちょうよしのやま》1612　地図4ページ

0746—32—3012

宇太水分神社《うだみくまりじんじゃ》（宇陀市《うだし》）、都祁水分神社《つげみくまりじんじゃ》（奈良市《ならし》）、葛城水分神社《かつらぎみくまりじんじゃ》（御所市《ごせし》）と並ぶ大和国水分四社《やまとのくにみくまりよんしゃ》の一つで、古来《こらい》より水を配分する神として信仰されてきました。「水分《みくまり》」から「御子守《みこもり》」へ転訛《てんか》した（訛《なま》っ

後醍醐天皇塔尾陵

た）とされ、子守社《こもりしゃ》とも呼ばれています。現在の社殿《しゃでん》は豊臣秀頼《とよとみひでより》の寄進《きしん》によるもので、いずれも重要文化財に指定されている楼門《ろうもん》・回廊《かいろう》拝殿《はいでん》・幣殿《へいでん》（参詣者《さんけいしゃ》が幣帛《へいはく》を捧《ささ》げる社殿《しゃでん》）・本殿が、中庭を囲んで「ロ《ろ》」の字形《じがた》に配置されています。本殿は、三つの棟《むね》が連《つら》なった連棟式《れんとうしき》建築様式で、俗《ぞく》に「水分造《みくまりづくり》」と呼ばれる特殊な構造になっています。

【金峯神社《きんぷじんじゃ》】吉野町吉野山《よしのちょうよしのやま》1292 地図4ページ
0746—32—8167

吉野山から山上ヶ岳《さんじょうがたけ》（吉野郡天川村《てんかわむら》）へと続く大峯奥駈道《おおみねおくがけみち》の近くにあります。吉野山の地主神《じぬしのかみ》を祀《まつ》るとともに、修験道《しゅげんどう》の勤行場《ごんぎょうば》です。山上ヶ岳や熊野《くまの》へ向かう山伏《やまぶし》（修験道の行者《ぎょうじゃ》）は、修行《しゅぎょう》の無事を願って、必ずここで祈《いの》りを捧《ささ》げます。神社の宝物《ほうもつ》としては、大和国《やまとのくに》金峯山経塚出土品《きんぷせんきょうづかしゅつどひん》（重要文化財。現在は勧告《かんこく》により奈良国立博物館）や金銅藤原道長経筒《こんどうふじわらのみちながきょうづつ》（国宝。現在は勧告により京都国立博物館）などがあります。

金峯神社

【義経《よしつね》隠《かく》れ塔《とう》】 地図4ページ

金峯神社《きんぷじんじゃ》の近くにある檜皮葺《ひわだぶき》の建物。源頼朝《みなもとのよりとも》に追われた義経《よしつね》が身を隠《かく》したところと伝えられています。修験道《しゅげんどう》では新客《しんきゃく》（初めて修行《しゅぎょう》に参加した人）が真暗な塔内で修行します。ここでの修行の内容を外に話してはいけません。修行を最後に修験者《しゅげんじゃ》は吉野山《よしのやま》を離れ、大峯奥駈道《おおみねおくがけみち》に入ります。

義経隠れ塔

【西行庵《さいぎょうあん》】 地図4ページ

平安《へいあん》時代末期《まっき》から鎌倉《かまくら》時代初めにかけての僧侶《そうりょ》、歌人《かじん》であった西行《さいぎょう》が、ここで3年間ほど過ごしたといわれています。西行庵から徒歩2、3分のところに苔清水《こけしみず》と呼ばれる湧《わ》き水があり、西行を慕《した》ってこの地を訪れた松尾芭蕉《まつおばしょう》が読んだ句碑《くひ》があります。

西行庵

■吉野山《よしのやま》の年中行事

2月3日　「節分会鬼火の祭典《せつぶんえおにびのさいてん》」　金峯山寺《きんぷせんじ》　（78ページ）

節分の行事です。ふつうは「福は内、鬼は外」といいますが、ここでは「福は内、鬼も内」と唱《とな》えます。日本全国から追われてきた鬼を救い、仏道《ぶつどう》に導くという、ちょっと変わった節分会です。

4月3日　「お田植え祭《たうえさい》」　吉野水分神社《よしのみくまりじんじゃ》　（87ページ）

一年の農作業が開始される前に行われる予祝《よしゅく》（予《あらかじ》め祝《いわ》う）行事で、拝殿《はいでん》で田男《たおとこ》と牛男《うしおとこ》が田起こしから稲刈りまでの農作業の所作《しょさ》をします。素朴で長い時の歩みを感じさせます。「水分《みくまり》の神」ならではの神事《しんじ》です。餅まきもあります。

4月10～12日　「花供会式《はなくえしき》」　金峯山寺《きんぷせんじ》　（78ページ）

正しくは「花供懺法会《はなくせんほうえ》」といい、千年の歴史をもち、三日間行われます。初日には珍しい餅つきがあります。「花供千本搗《はなくせんぼんづ》き」といって長さ3メートルほどの雑木《ぞうぼく》の杵《きね》で参拝者、観光客が音頭に合わせて餅を搗《つ》きます。搗き上がった餅は、その場で人びとにふるまわれます。

境内《けいだい》南の大護摩《おおごま》道場では、女性行者《ぎょうじゃ》たちの大護摩供《おおごまく》が行われます。女性中心の護摩供は珍しいので、一見《いっけん》の価値があります。

また、竹林院《ちくりんいん》から蔵王堂《ざおうどう》まで、格式十万石《かくしきじゅうまんごく》といわれる行列が行われます。蔵王堂内では、金峯山修験本宗総本山《きんぷせんしゅげんほんしゅうそうほんざん》の管長《かんちょう》が法要導師《ほうようどうし》となり、ご神木《しんぼく》である桜が満開になったことを本尊《ほんぞん》・蔵王権現《ざおうごんげん》に報告します。

7月7日　「蛙飛《かえると》び」　金峯山寺《きんぷせんじ》（78ページ）

正しくは「蓮華会《れんげえ》」といい、千年以上続く行事です。この行事で供えられる蓮《はす》の花は、奈良盆地の奥田《おくだ》（大和高田市《やまとたかだし》）から運ばれてきます。

蓮華会の当日、修験者《しゅげんじゃ》たちが修行《しゅぎょう》によって得た力を比べあう「験競《げんくら》べ」が「蛙飛び」として行われ、庶民に親しまれています。着ぐるみの蛙が乗った御輿《みこし》が蔵王堂《ざおうどう》に到着し、蓮の花が供えられ、法要《ほうよう》が始まります。蔵王堂の前に設けられた舞台で、蛙が修験者の祈祷《きとう》をうけ、最後に着ぐるみを脱ぐことで元の人間に戻ったことにされます。

編者あとがき

奈良県の約六十%を占める吉野《よしの》地方には、豊かな民話が伝えられています。珍しい話としては、本書で紹介した「犬を飼わない村」の他に「正月に注連縄《しめなわ》を張らない村」「鶏を飼わない村」などの由来話《ゆらいばなし》もあり、それぞれ菅原道真《すがわらのみちざね》、豊臣秀吉《とよとみひでよし》などの事跡《じせき》と深くかかわっています。奥吉野の伯母峰《おばみね》では、十二月二十日《はてのはつか》には妖怪が現れ、人を食《く》う日だとし、山に入ることを忌《い》む日となっています。この風習は、新年を迎えるための精進《しょうじん》を守る日、あるいは古い年の穢《けが》れを祓《はら》う日ともされていますが、ユーラシア各地では、妖怪が正月の神として出現し、死者を捧《ささ》げる風習に繋《つな》がるとも考えられ、吉野の民話を通して民俗文化の広がりを見ることができます。

これらの民話を採集《さいしゅう》し始めたのは、１９８４年の大塔村《おおとうむら》（現在は五條市《ごじょうし》）からで（報告書は日本昔話学会『昔話―研究と資料―』15号）、東吉野村《ひがしよしのむら》の採集は、１９８５年から８６年（『東吉野の民話』東吉野村教育委員会刊、１９９２年）、その後、吉野町《よしのちょう》の採集が１９９４年から９９年（『奈良県吉野町民間説話報告書』（名古屋《なごや》大学大学院国際開発研究科刊、１９９６年）でした。ここに収録された話は、約六百話。採集に参加したのは、比較民話研究会のメンバー、花園《はなぞの》大学の古典と民俗の会の学生であり、吉野郡の老人会の多大なご援助によったものです。

この地方に多いのは、歴史伝説と信仰伝説で、特に山の生活を深く理解する上では大切な話でありました。意外に知られていない山の世間話《せけんばなし》には、枝の剪定《せんてい》に入る仕事人は、メッパ（吉野杉を薄く割って作った弁当箱）に入れたご飯と、味噌汁《みそしる》用の味噌《みそ》を持って山に入りますが、お箸《はし》は持って行かないというのです。それは剪定した枝を細く削って箸にし、その腕前で給金《きゅうきん》を決定するからです。このように民話伝承《でんしょう》は、生活の中の古典文化となっています。

本書は、前述《ぜんじゅつ》の調査報告書を基《もと》に制作された『語りつぐ吉野の民話』（金壽堂出版《きんじゅどうしゅっぱん》）に、吉野の歴史や信仰の解説、名所旧跡《きゅうせき》などの紹介文を加え、一部カラーページも挿入して、誰にも分かりやすい楽しい民話集としました。音読《おんどく》や子どもへの読み聞かせなどがしやすいように、また本書を片手に吉野の観光旅行を楽しめるように工夫しました。これは金壽堂出版社長の吉村始《よしむらはじめ》氏のご尽力《じんりょく》によるものです。最後に、吉野町の木《き》の子《こ》文庫代表の上田由賀《うえだゆか》氏、吉野荘《よしのそう》湯川屋《ゆかわや》館主の山本義史《やまもとよしひと》氏には、お力添えを戴《いただ》きましたことに感謝し、心から御礼《おんれい》申し上げます。

2015年3月

編者　丸山《まるやま》顕徳《あきのり》

【代表編者】　丸山顕徳《まるやまあきのり》（花園大学教授・文学博士
日本国語国語学研究所代表）

【編　　者】　垣崎仁志《かきざきひとし》（奈良県立高等学校教諭）
軽澤照文《かるさわてるふみ》（奈良市立小学校教諭）
竹原威滋《たけはらたけしげ》（奈良教育大学名誉教授）
畠山典久《はたけやまのりひさ》（奈良県童話連盟・元小学校校長）

【解説執筆】　池田　淳《いけだきよし》（吉野歴史資料館館長）
河合岑一郎《かわいしんいちろう》（映像ディレクター・パンクリエイト代表）
横山浩子《よこやまひろこ》（奈良県立民俗博物館主任学芸員）

【装幀・本文デザイン】　志明象葎《しめいしょうむぐら》（デザイナー）
吉村萌里《よしむらもえり》（イラスト作家）

語《かた》り伝《つた》える吉野《よしの》の民話《みんわ》

発行日　2015年5月6日
編　者　丸山顕徳
発行者　吉村　始
発行所　金壽堂出版有限会社
〒639-2101　奈良県葛城市疋田379
電話／FAX：0745-69-7590
E-mail：book@kinjudo.com
Homepage：http://www.kinjudo.com/
印　刷　株式会社北斗プリント社

ISBN 978-4-903762-13-5 C0093